この世の果てでもどうかよろしく

AI
TANIKAWA
谷川藍

ILLUSTRATION 榊 空也

CONTENTS

楽しいことが好きである。

明るい場所が好きである。

葉二、という名前は、太陽の光に向かってすくすく伸びる葉っぱみたいにまっすぐ育つようにと、おばあちゃんに付けられた。男なら葉二、女なら双葉だったと、小さい頃に聞かされた。おまけに苗字が「荻原」なので、荻に原に葉と、もはやそうなる以外なかったというくらいに、植物のイメージを背負って生きている。実に分かりやすい名前をもらって、その通りに育ったと思う。

大学で夏の語学研修の行き先を選ぶとき、「勉強するならニューヨーク、遊びたいならロサンゼルス」と言われて、迷いなくロサンゼルスを選んだ。

なにしろ、LA、という字面がどことなくはしゃいでいる。ロマンチックな西海岸の夕焼けに、音楽の鳴りやまないビーチ。アナハイムはディスティニー・リゾートで、ハリウッドはユニバーサルスタジオ。それからマリブビーチに、ラ・ラ・ランド、シーサイドテラス……そういうコテコテの常夏のイメージ。八月のまるまる四週間をつぶす語学研修に、求めるところはまさにそれだ。

そう。大学四年、学生最後の夏。周りの皆が就活やインターンで忙しくしているこの重要な夏休みに、ひとり何もかもを放棄して遊びにやって来たのだから、葉二は肚を据えて遊ばなければいけないのだった。

「……ってね。意気込んで来たのに、このうだつの上がらなさが、俺。ナハハ……」

カリフォルニアはロサンゼルス、サンタモニカ・ピア。見上げれば青を通り越して黒々として見えるピーカンの空の下、肌の色も髪の色も服の色もとりどり、人種ごちゃ混ぜの雑踏の真ん中でため息をつく日本人学生が、ひとり。

「葉二さん、何してんの。行こ」

途方に暮れたように突っ立っていた葉二に気付いて、もうひとりの日本人学生が道の先で振り返った。

激戦の夏の語学研修参加枠を学部の後輩どもから勝ち取り、リア充するぞと意気込んでやって来たはいいものの、結局思ったよりも気分は上がらず、勉強も生活もパッとしたところのない半端な留学ライフを送っている。葉二の気分が上がらない理由はいくつもあるのだが、その一つは、毎日毎日同じ日本人の男子学生とベッタリつるんで過ごす羽目になっていることだった。俺、ロサンゼルスまで来て何やってんの？

——という自問自答までが、いかにもありがちな自分探しに迷い中の日本人学生のお悩みの気がしてきて、自分に嫌気が差している。

「あー、はいはい。待ってよ朝ピ」

「その朝ピって呼び方やめてくんないすか」

言ったそばから、自分の発言にすら興味がなさそうな顔で後ろ頭を掻いた、黒髪の男の名前は寺島朝日（てらしまあさひ）という。

「なんでよ」

にゃはは、と笑いながら追い付くと、眠たそうに見えるくらい二重幅の大きな垂れ目がちのまぶたを、二度、三度瞬（またた）いて、朝日は豪快に葉二の言葉を無視した。

「ハイ出た無視」

怖。何なんだよ。

葉二は頬っぺたに汗を垂らしながら苦笑いで朝日の後を追った。

遊園地に繋がるビーチ沿いの道は、観光客でごった返している。その頭上をゴキゲンな音楽がシャンシャンと音割れしながら賑やかしていて、今日も今日とてのんきな西海岸の波の音を太平洋に押し返しているみたいだった。アメリカはどうしてこうも、行く先々で甘い匂いがするのだろう。ドーナツの揚がる匂いに混じってたまに何とも言えないウィードの悪臭が漂うのを、なんだか非現実的な気持ちで嗅いでいた。

「葉二さん」

「あでっ！　何だ、何の前触れもなく立ち止まるな」

「あー。ごめん、スタバとビートコーヒーどっちがいいかなと思って」

「ええ、どっちでもいいよ。近い方！」

「じゃビート」

　暑くて気絶しそうだもん、と葉二が肩を竦めると、朝日も一度宙を仰いで、「確かに……」と小声で呟いた。

「毎日毎日ずーっとおんなじ天気で、よく飽きねえな、どいつもこいつも」

　葉二の手に背を押されてちんたらと歩き出しながら、朝日は途方に暮れたような顔で言った。

「だって、どいつもこいつも毎日サンタモニカビーチにいるわけじゃないでしょ」

「いや、毎日いる奴もいるだろ。勉強に身の入らないヒマな留学生とか」

「ねえ待ってもしかして俺の話してる？」

「よく分かったじゃん」

　と憎まれ口を叩きながら、朝日は真ん中で雑に分けただけの前髪を、海から吹いてくる潮風に煽られて鬱陶しそうに払った。なんだかそういう仕草ひとつがやけに絵になる、雰囲気のある美男子である。美形は息してるだけで美形でいいっすな、と思いながら、葉二は勝手にちょっと後ろめたい気持ちになって朝日の横顔から目を逸らした。学年は同じだが、受験で一浪している葉二の方が一つ年上だ。俺の方が年上、という余裕がなかったら、こんな態度では接していられなかったかも知れない。

だいたい毎日来ているビートコーヒーの、だいたい毎日座っている窓際の奥の席は、今日は数人連れの中東系の美女たちに占拠されていたので、手前の丸テーブルに朝日と差し向かいで腰掛けた。

「はい、葉二さんの分。ホントに小さいのでいいの？」

「どもー。いいよいいよ、俺そのサイズのアイスコーヒー飲んだらお腹壊しちゃうよ。いつも思ってるけどよくそんな飲めんね」

「そう？」

Sサイズったって、日本の規格で言ったらMとLの間くらいある。別に好きでもないアイスコーヒーを、両手で頬杖をついて啜る。アメリカに来たからといって別に英語ばかりが聞こえてくるわけじゃなくて、早口でまくしたてるようなアラビア系と思える言語や、相手に負けじと声を張る中国語、怒ったようなドイツ語、何語か分からないのもいっぱいある。

「はあ……」

俺たちもその中のひとつなんだなあと思いながら、葉二はいかにも日本風の、うだつの上がらないため息をついた。浮かない顔の葉二を、行儀悪く足を組んで斜めに座った朝日が、首を傾げて覗き込んでくる。

「なんすかさっきから。便秘？」

顔の距離が近くなって、葉二は思わず顎を引いた。垂れ目がちのくっきりした二重瞼に、少し幼い印象を感じさせるほど大きな黒い瞳。頬にかかるくらい長い前髪を真ん中で分けた額から鼻先まで、つるんとした生意気そうな曲線を描いて、つんとした上唇。アイドルじみた綺麗な顔なのに、甘さを感じさせないのは体つきがしっかりしているからだろうか。ダウナーがちな挙動に、あんまり表情の変わらない美形は、なんとなく近寄りがたさすらある。

見れば見るほど自分と正反対のナリに、葉二は思わず押し黙ってしまう。

くっきりした黒い瞳に今映っている奴の顔は、感情が表情にダダ漏れの、よく猫っぽいと言われるツリ目がちの大きい目。おしゃべりな口は八重歯ぎみの歯がいつも見えていて、フワッフワの色素の薄い猫っ毛。しばしば人からは「愛嬌だけで世の中渡ってるよな」と言われて、確かにそんなような感じのする、チャラそうな大学生の男だ。

「はあ」

と、もう一度ため息をつくと、朝日は間近で大きくまばたきをした。まつ毛が長すぎる。

あーあ。おまえだよおまえ。と、葉二は心の中で悪態をついた。俺の腹に溜まっているうだつのひとつ。いや、うだつというのは「日本家屋の屋根に取り付けられる小柱や装飾」のことなので、この日本語は全然合ってないが。

——おれはねえ。ちゃんと知ってるんだぞ。ちょっと珍しいくらいイケメンの、寺島朝日という、ダウナーで美人のアイドル俳優（比喩だ）。実は見掛け倒しで、血の気の多いゴロツキだということを。

「大丈夫？　ホントに腹痛いんなら帰る？」

どうせ一緒の部屋に帰るんだし、と朝日は言った。

端的に言って、懐かれている。とても。

アメリカに来てまで日本人とベッタリつるんでいる自分をなんだかなあと思いつつも、無下にできない。それは懐かれているのもあるし、怖いのもある。なにせ、目の前の年下の男は、ホームステイ初っ端からホストファミリーと殴り合いの喧嘩をして、ホームステイ先を追い出された問題児だ。しかも、こう見えて背中に刺青も入っている。

葉二の語学研修は、スタートした時点で、もう進行方向を間違えたと言って良かった。

こんなことになっているそもそもの発端は、語学学校で初日のオリエンテーションを終えて、寮へ向かう帰り道の途中の出来事である。葉二たちが参加しているのはカリフォルニア大学ロサンゼルス校の夏季エクステンションプログラムだ。有名大学の敷地は広大で、敷地の中にバス停が何個もある。学生寮のあるサンタモニカの方へ向かうバスに乗らなければいけないのを、同じバス停から出ているコリアンタウン行きに乗ってしまう——というのは、エクステンションの留学生初日あるあるらしい。

到着アナウンスで『ピコ・ブルバード』なる全然知らない通りの名前が聞こえてきたところでふと顔を上げると、案の定見知らぬ景色の中を移動しているところだった。慌てて途中で降りたはいいが、運悪く、なんだか治安の悪げな場所に降り立ってしまった。途端に心細くなってくる。

「ほあ…やば…なんか人っ子ひとりいないところに来てしまった……」

学校のあるウェストウッド沿いやサンタモニカの高級住宅街とそう離れていないはずなのに、区画をひとつ隔てただけの通りには人の気配がなく、何のゴミなのか判別のつかない袋や虫の湧いた食べかけの果物、酔っぱらいのゲロの痕跡があるため注意深く下を見て歩かないと大変なことになりそうな通りだった。

「早く戻んなきゃ…」

逆方向行きのバス停を探して彷徨（さまよ）っているうちに、葉二は通りに放置されたゴミ箱とゴミ箱の間に、打ち捨てられた大きな布団の塊を見つけた。遠目に見て、なんだか一瞬、その布団が動いたような気がしたのだ。「えっ！」と思って、小走りに駆け寄った。子猫でも捨てられているなら助けなきゃいけない、と思ったからだ。

そうして汚れたグレーの布の塊を覗き込んで、葉二は悲鳴を上げた。

「ひぃ………！」

ゴミ箱のすき間に押し込まれるように打ち捨てられていたのは、人間の男だったのだ。

「んな、ななな……」

怖い、ムリ！　逃げる！

やっぱ銃社会ってとんでもねえ！

そう思って踵を返そうとした瞬間、死体が動いて、葉二の腕を掴んだ。

「ちょっと…手貸して……」

「ぎゃあ！」

死体がかすれた声で呻いた言葉が日本語だったことに、葉二は遅れて気が付いた。

「へ……」

「……痛ってえ、クソ、次顔見たら殺す…」

グレーの布団だと思った布の塊は、よく見ると汚れた白のパーカーだった。葉二の腕を勝手に支えにして起き上がった死体の男は、ドロドロになったパーカーを脱ぎ捨てて、そのまま傍らのゴミ箱に放り入れた。

「え…だ、大丈夫…」

言い掛けた葉二は、死体の男がゴミ箱に向かって動いた瞬間、薬師如来像と目が合って、息が止まった。背中一面に、色も鮮やかな薬師如来の彫り物が入っていたのだ。

（や、やばい。任侠道のお方…！）

留学初日からこんなもんと関わってはやばい、と思い、どこ行きでもいいから早くバスが来てくれないかと辺りをきょろきょろ見回していると、男が声を出した。

「ねえ。水持ってない？」

「え…」

かすれてはいるものの、思いがけない声の若さに気を取られて、地べたに胡坐(あぐら)を掻いた男を葉二は振り返った。

「やっぱ日本人か」

葉二の顔を見上げてそう呟いた男と正面から目が合う。混じりけのない綺麗な黒の瞳。

ひゅ、と、葉二は息を呑んだ。

「潤さん」

「は？」

反射的に葉二が口に出した名前に、男は片眉を吊り上げて聞き返した。

「あ、いや…！　すいません！」

知り合いに似てて、と葉二がしどろもどろになりながら弁解すると、男はどうでも良さそうに後ろ頭を掻きながら、「水持ってないの」ともう一度聞いた。

「あ…も、持ってます。まだ開けてないから、はい……」

「どうも」

かったるそうな仕草で水のペットボトルを受け取った男は、半分くらいを一気に飲んだあと、頭からバシャバシャと引っ被った。

「あー、いってえ…」

硬直しながら見守っていた葉二は、その水が埃に混じって赤黒い血を洗い流したのを見て、あっと声を上げた。

「怪我してるじゃん！」

よく見れば、口元に大きく赤紫色の痣（あざ）が出来ていて、唇も切っている。血は髪に隠れたこめかみの辺りから流れているようだった。ずぶ濡れの犬みたいに男が頭を振ると、葉二の顔にまで水滴が飛んできた。

「だ、大丈夫？　どっか、骨折とか…」

「してねーよ」

屈（かが）み込んで、何か血を拭（ぬぐ）えるものはないかと鞄をごそごそやり始めた葉二の手元をじっと見守っていた男は、ふいにパ、と葉二の腕を掴んだ。

「へっ。何…」

「その本」

葉二が手にもっていた文庫本を、男は顎の先で示した。

「波田野（はたの）ノリヲ」

「えっ！」

「好きなの？」

「好き。マジ、知ってんの？」

「知ってるよ。芸術と哲学がテーマの暗い小説、いっぱい書いてる」

「暗い小説て…」

ややムッとしながら言うと、男は「合ってるだろ」と首を傾げた。

「俺もその作家好きだから」

そう言われた瞬間、ムッとした顔のまま葉二の頭上に花が咲いた。男は顔を背けて噴き出した。

「ぶは。子供じゃん」

あ、任侠も笑うんだ。と、思った瞬間、葉二の留学生活は完全に誤った方向へと舵(かじ)を切ってしまったのだった。

「アンタ名前なんていうの」

「荻原葉二だよ。任侠のお方は？」

「…寺島朝日」

あと任侠道のお方じゃないんで。と、上半身裸のまま立ち上がった刺青の男は、尻をパタパタと叩いて埃を落としながら言った。

「えっ！　うそでしょ」

「うそじゃない。学生。日本で普通に大学通ってる。アンタと同じで夏季研修だよ。ていうか同じクラスじゃん、語学学校。今日のオリエンテーションいただろ、アンタ」

「へ」

緊張しすぎて全然覚えてない、と言うと、刺青の男は呆れたように片眉を下げた。

「とっ、とりあえず怪我の手当てしなきゃだろ！　送ってくから。滞在先どこ？　寮？　ホームステイ？」

「あー、いや、滞在先には帰れない。ホストファミリーと喧嘩してこうなったから。追い出された」

などと、衝撃的なことを言った。

「はああ⁉」

そんなこんなで、とりあえず手当てと着替えを貸してやるために、刺青の男を寮の部屋へ連れ帰る流れになってしまった。

何か下手なことを言ったら殴られるかも、とビクビクしていたものの、葉二の部屋に連れて来てからの朝日は拍子抜けするほど大人しかった。

「なんで初日からホームステイ先で喧嘩なんてした?」

急遽、寮の近くの薬局で四苦八苦しながら買ってきた消毒液のパッケージの文字を読む。日本人の肌には合わないとかあるのかな、とも考えたが、多少かぶれたって気にしなそうな奴だと思い直し、そのまま使うことにした。

「そこの家のガキに」

「ガキ?」

「や、一つ年下。そいつに金たかられたから」

「えっ、うそ」

「断ったら、こんなとこに留学させる家なら金持ちのはずだ、お坊ちゃまがけちけちするなってニヤニヤしながら絡まれたから、床に金バラ撒いてやったんだよ」

しれっと言った朝日に、葉二はおののいて口を噤んだ。

「やるから好きに拾えって言ったら殴りかかってきたから、やり返した。それだけ」

そこまでスムーズに喧嘩を売ったり買ったりできる奴は全然ダウナーではない。表情だけはケロリとしているところにやけに現実味があり、葉二は率直に引いた。

「なんでそんな、わざわざいちばん怒らせそうなこと……」

「だって、金たかられたときって、出しても出さなくても結局喧嘩になるだろ」

「そうなの…?」

「日本でも同じことあったから。俺の実家、地元だとちょっと有名だから金持ってると思われて、つるんでた先輩の一人からたかられたんだよ。そんときはまあいいやと思ってちょっと金あげたら、次は五人ぐらいで絡まれた。脅しみたいなこと言われて、ムカついて全員ボコしたら、その界隈にいられなくなった」

葉二が任侠呼ばわりしたのをやけにきっぱりと否定してきたが、葉二の認識では、こういう手合いのことは日本ではヤンキーと呼ぶはずである。似て非なるものなのだろうが、葉二のような凡人から見れば任侠もヤンキーもチンピラも大差ない。

「どうせ結局面倒臭いことになるんだから、最初から白黒はっきりさせた方がマシだろ」

白黒を拳でつけるのはどうなんだ、と思ったが、それ以上の追及はやめておいた。こういうタイプの人間と関わるのは初めてだ。出会ってすぐに本の話をしなかったら、こんなに落ち着いて手当てなんて出来なかったかも知れない。

でも、行くところがなくなったせいか、朝日は妙に葉二には従順な態度だった。

身体の至るところに消毒液のスプレーを掛けられながら、朝日はやはり淡々とした口調で「しばらく泊めて」と言い出した。

「…………」

葉二は顔を顰めて沈黙した。その数秒の間に断る理由を懸命に探したが、泊まる場所のない怪我人をもう一度ほっぽり出すに値する有力な回答は出てこない。

でた。

「……わかった」

苦渋の表情で承諾した葉二に、朝日は「どーも」とだけ答え、手のひらで自分の首筋を撫でた。

「けど…」

「けど?」

「ホント、冗談じゃないからね。俺は、暴力的なのとか、怖いのも悲しいのも暗いのも苦手なの」

消毒液を含ませたガーゼで朝日の唇の端を慎重に押さえながら、葉二はハッキリと宣言した。

「だから、ここにいる間は、約束しろよ。他人と喧嘩しない、流血沙汰起こさない。そう約束するなら泊めてやるよ」

無言でじっと葉二の目を見返してくる朝日は、葉二の言葉を反芻するような沈黙のあと、子供みたいな仕草でコクンと頷いた。

「おー」

その思いがけない素直さに気を良くして、葉二は顔をほころばせた。朝日の、綺麗な鼻先にかかる前髪のすき間から手を差し入れて、髪を掻き上げてやる。まだこめかみの傷は塞がっていないようだったが、思ったより深い怪我ではなさそうだった。

「よしよし。いい子いい子」

そのまま両手で頭を撫でくり回してやった。朝日は意外なほど無抵抗に葉二の手を受け入れて、されるがままになっていた。

「いい子にしてたら、またなでなでしてあげる」

最後にポンポン、と頭のてっぺんを撫でると、朝日は何か言いたそうに片眉をきゅっと持ち上げたものの、「はい」と小声で返事をした。


朝日を拾ってきた日の出来事を回想しながら、葉二は自分で自分の行いにウンザリした。そう。たぶん、勝手に居付かれているというよりは、頼ってきた朝日を葉二が進んで受け入れた、というのが客観的な事実なのだろう。

だから、なんでこんな謎なことに、と思うものの、どうしても、出て行けとは言えなくなってしまった。

スマートフォンの天気予報アプリで、日本時間を確認する。サマータイム中で、時差は十六時間。ロサンゼルスが夜十時半の今は、日本は午後の二時半。天気は夕方にかけて傘マークが出ていた。

「返信は……やっぱ来ないよなあ」

気を抜けば魂ごと抜けていきそうなため息を飲み込んで、葉二は頬杖をついたまま、背後で寝息を立てている朝日を振り返った。やや不眠気味の葉二に比べて、朝日はチンピラのくせに寝付くときはおやすみ三秒だ。部屋の電気が煌々と点いていようが隣の部屋でパーティーをしていようが平気で寝る。

「潤さんが、朝日くらい分かりやすかったら……」

身も蓋もないことを口にしてしまった自分に気が付いて、葉二はハッとして首をぶんぶん振った。それから、自分の発言を誰へともなくごまかすように、そそくさと立ち上がって、スマートフォンをポケットに突っ込んだ。

「あ、窓全開だ……」

風が弱い夜のせいで、ずっと窓が開いていたことに気が付かなかった。

呆れるほど澄んだ夜空に、お喋りするみたいにちらちら瞬いている星の明かりに誘われて、葉二はベランダに出た。後ろ手にガラス戸を閉めながら、乾燥した砂漠気候の夜風を吸い込む。ロサンゼルスの夜は、日本人の多くがイメージしているよりも、たぶんずっと暗くて大きい。

東京みたいに建物が密集しているわけじゃないから、夜空が広いのだ。毎日夕暮れ時になると、燃えるような赤い夕焼けで空が染まり、その上から宇宙がなだれ込んでくるかのような日没がやってくる。もうすぐロサンゼルスに来て三週間が経とうとしているのに、毎日見ても慣れない。そして葉二は、こういう景色を見るたびに、無性に、やるせないような寂しさに駆られてしまう。

「……潤さん」

ほとんど突っ伏すようにして、葉二はベランダの手すりに額と腕を埋めた。

既読の二文字が付いたまますっと返信のないSNSの画面を、どうにかできるわけがないまま、眺めては閉じを繰り返していた。

水足潤一（みずたりじゅんいち）、といういかにも神経の細そうな響きの名前通り、「潤さん」は繊細で偏屈で、気難しい人間だ。名目上は、葉二の恋人である。名目上は、というところが、葉二にとっては最凶の大問題だった。

潤一は、葉二の高校時代の美術部の先輩で、今は社会人二年目だ。葉二は一浪しているので、歳は一つだけ上。美大を卒業したあと、冠婚葬祭の会社に就職をしてブライダルコーディネーターの仕事をしている。

出会ったときからずっと、葉二にとって聖域のような人だった。いつも皆の輪から少し外れたところで、淡々と、ものすごく綺麗な絵を描いていた。口数が少なくて、あんまり笑わなくて、さらさらの黒髪をしているのに前髪が目に掛かるほど鬱陶しそうな長さで、そして見ていて不安になるくらい線が細かった。いつも伏し目がちの肉の薄い瞼に、細い鼻筋、小さい口、それらの繊細なラインに不釣り合いなほどの、指の長い大きな手。絵を描くために生まれてきたような体の造りと、簡単には立ち入らせてもらえない水面のような沈黙に、焼け付くように恋していた。

毎日まとわりついて、一生懸命話しかけた。何度無視されようが全然堪えていないそぶりを貫くために、アッパーなキャラを懸命に演じた。演じているうちに、そのキャラが板に付き、楽になり、いつのまにかそれが葉二の素の性格のようになっていた。

ずっと一方的に絡んで、毎日のように好きですと言ってスルーされ、ときには邪険にされて、片手の指で数えられるほどのシーンでちょっとだけ笑ってもらえた。それで、潤一が現役で美大に受かった高校三年の冬、唐突に、無言で抱きしめられた。

『へ。何これどういう意味』

思わずアホみたいな声を出した葉二に、潤一はいつも通りの無言を返したあと、ため息にもならないほど細く息を吐いた。

『うまく言えない』

と、小さな声で謝るように言った。力を入れたら折れてしまいそうなほど薄くて細いと思っていた潤一の腕の、思わぬ力強さと体温の高さに、頭がくらくらして痺れて、なにも考えられなかった。

それ以来、文字通り葉二の泣き落としと一方的な努力によって恋人…のような関係が今も続いている。

「続いて……るのかなあ」

続いては、いないのかも知れない。と、思う。

というかそもそも、始まっていたのかどうかも、本当のところ、よく分からなかった。基本的にずっと潤一はそっけないし、特に社会人になってからは連絡が返ってくることも稀になった。好かれている、興味を持たれている、と感じるような言動を、潤一が見せてくれたことは高校時代のあれ一件きり、ないような気もする。

それでもたまに連絡が来れば有頂天になって会いに行き、必死になって明るく懐っこい後輩兼恋人を演じ、どうにか笑ってもらおうと頭をフル回転させる。そうして結局思ったような反応が得られなくて、帰り道、自分の心がズタボロになっているのを感じながら、次はいつ会えるだろうと考える。いつまでこんな思いをするのだろう、とも。

鉄壁と言われた先輩の心の壁を崩して受け入れてもらえたのだから、本当に嫌われてはいないはずだ、と何とか思い直しながらやってきた。でも、体感として、「これって振られつつある」という予感がしていた。

一緒に美術館へ行って葉二がポジティブな感想を言えば「俺は全部ありきたりだと思った」と一言でぶった切られるし、潤さんの大学時代の絵が見たいと頼めば、率直に嫌な顔をされる。今まではそれも自分に対する甘えのうちだと思っていたのだ。でも、潤一が社会人になって会えるタイミングが激減した中で、やっとの思いで家に誘えば「面倒くさいよ」「そんな気分じゃない」と断られ、ついに、溜まりに溜まった不満が決壊し、「そんな言い方あんまりだ」と逆ギレしてしまった。そして、そのフォローをし切れないままアメリカに来てしまったのだ。

受け入れてもらえさえすれば、別に何も返ってこなくたっていいと思っていた。そういうのが無償の愛もしくは純粋な恋であり、「俺の恋は本物だから」、好きでいられればそれでいいと、夢見たことを考えていた。でも、そんなに恋愛って、甘くも鈍感でもないことくらい、いい加減気が付いている。

白状する。うだつの上がらない留学の最大の理由は、「片想いの悪化」もしくは「現在進行形の失恋」だ。

同じゼミの友達(この夏は銀行でインターン中)にも「大学四年の夏にわざわざ語学研修なんてアホでしかない」と、さんざん言われたのを振り切るようにしてアメリカまでやってきたのに、この有様ある。葉二だって考えなしに遊びに来たわけではない。それこそ就職に悩んだから、あえてこんな時期に有望な後輩たちを押しのけてロサンゼルスの枠を勝ち取ってきたのだ。

「潤さんと、同じ仕事……て、思ってたんだけど」

良く晴れた星空は、綺麗よりも息苦しかった。

ずっとぼんやりと思い描いていたのは、潤一と同じ冠婚葬祭の業界に入って、潤一と同じブライダルの仕事をすること。そうすれば、きっと高校時代みたいになれる。同じものを見て、同じもので悩み、そばにいて、話が出来る。そう思っていた。

「だって俺の人生、潤さんだったんだもん……」

夢の賞味期限が切れて初めて、本当にそれでいいのかと迷い始めたら、どうしようもなくなってしまった。今のままの価値観で皆と同じように就活して社会人になって、生きていける気がしなかった。そんなとき、学部のメーリングリストで「夏季語学研修」の募集要項が流れてきた。去年はスルーしたそのPDFを、葉二は少し迷ってから開いた。何か、今目の前にあるものと全く違うものが見たかったのだ。地球の反対側まで行ってみれば、価値観が変わるかも知れないと思った。だというのに、結局、日本にいるときとひとつも変わらないことばかり、こんな風に思い悩んでいる。

「ふあ……葉二さん、外で何やってんの？　寒くないんすか」

内側から窓が開いて、完全に寝起きの顔の朝日が身を乗り出した。

いつもおでこの真ん中で分けられている前髪が鼻先にかかって邪魔だったのか、いかにも鬱陶しそうに顔を振って払った。

「あ。起こしたか。ごめんね」

半端な表情をしてしまったと思った。うまく笑顔を作れなくて、情けなく眉を下げただけの顔で、葉二は寝ぼけ眼の朝日の肩を部屋に押し戻す。

「友達に電話しようかと思って外出てみたけど寒かった。俺も寝る」

なんて似てるんだろう。

俺は神様からこんな意地悪をされるほど悪いことをしただろうかと思うほどに、朝日と潤一は顔が似ている。

「……？　なんかあった？」

「いや。ちと人生に思い悩みまして」

ナハハ。と笑うと、朝日は小首を傾げながら、訝しそうにまばたきをした。心の中で、ヒリヒリするような無音の悲鳴が上がる。そういう顔が、本当に怖くなるくらい、あの人と似ている。

チンピラのくせにやけに始末のいい男というのは厄介だ。

「葉二さぁーん、もういい加減時間ねーすよ。起きて。ハイ、3、2、1……」

「あーーー、布団……」

「ダメ。没収」

朝日という名前を授かっているだけあってか、同居人のチンピラは朝はたいそうな早起きで、寝汚い葉二を引きずるようにして学校に連れて行ってくれることもある。

「Tシャツ洗っといたから、着て。早く」

掃除も洗濯もこまめで、布団まで直してくれていることもある。

「俺は今日授業サボる…」

「バカ」

「今バカっつった?」

思わず顔を埋めていた枕から顔を上げると、朝日が両腕を持って体を起こしてくれた。

「アンタ今日プレゼンだろ。昨日パワポ作ってたじゃん」

「はー。よく見てくれてるこって……」

鳥の巣みたいになった頭をガシガシ撫で付けながら欠伸まじりに言うと、朝日は何か物言いたげな目でじっと葉二の顔を見た。

「何だよ」

「別に」

プイ、とそっぽを向いてしまった。何か機嫌を損ねたようだ。

「えー、朝ピ、何怒ってんのー? 待ってよ、一緒に学校行こうぜー」

ベッドに座ったまま朝日の腰のあたりに抱き着くと、苛立ったような細いため息のあとで、「朝ピっていうな」と一言返ってきた。ふ、と息の抜ける気配。

俺、人のご機嫌取るの上手。と、思いながら、葉二はよく引き締まったTシャツ越しの朝日の腰に顔を埋めた。これほど顔が似ていても、まるで潤一とは違う体付きに、ほんの少し驚いていた。

日本の風習に馴染まないと自認していた日本人留学生が、海外に出て自分が思った以上に日本人のステレオタイプの典型であることを知る、というのは、留学生あるあるだそうだ。

葉二も、自分がその例に漏れないパターンであったことを、現在進行形で思い知っている。言われてみれば、旅行に行くときは事前に行きたいスポットをネットや雑誌で調べまくるし、英語はペーパーテストが得意で喋るのが苦手。宿題もちゃんとやるし、毎回の小テストに合わせて前日は勉強もする。つい先日の授業中、ノートを取るときに下敷きを使っていたらイタリア人のクラスメイトに「その板はなんだ」と聞かれ、「裏のページに字が写らないようにするやつ」と答えたら、「JAPPPPANESE!!!」と爆笑されたのは今なお腑に落ちないでいる。

そのジャパニーズ仕草の一つとして、順番に回ってくるプレゼンテーションに備えて、葉二はちゃんと裏付けのある論文から資料を集め、そこそこしっかりしたパワーポイントとハンドアウトをつくり、質疑応答の想定までした原稿をつくり、くそまじめに通しの練習までしておいた。

　プレゼンテーションのテーマは、「あなたの国では安楽死を合法化するべきか否か、自分の考えを述べなさい」。英検の作文やディベートなどでよく扱われる議題だ。

　たまたまクラスメイトの中にはサウジアラビアとウイグルから来たドクターがいたこともあって、このテーマのプレゼン期間に入ってから議論は日々紛糾していた。授業のディベートに感情をあらわにして、机を拳で叩くほど本気になれる人間が地球にはわりとゴロゴロいるというのも、語学研修で初めて知ったことである。

　葉二は、テーマの中の「あなたの国では」という部分を重要視した。ということは、日本という国のこれまでの歴史、宗教、死生観を可視化して、他の国と差別化するべきだ。葉二は歴史のポイントとして災害と戦争、宗教のポイントとしてアニミズムと国家神道と大乗仏教、それらをベースにして日本人の死生観をイラスト図解付きで説明した。

　結論には、日本人の集団主義的価値観を根拠にして、「同調圧力」をキーワードに、「日本では安楽死は合法化されるべきではない」ということにした。

「安楽死が合法化されたとすると、まず真っ先に考えられることは、『家族に迷惑を掛けないために、働けなくなったら早く死ぬ』という積極的な安楽死が美徳化されることです。歳をとって動けなくなったくせに、まだみっともなく生きている、という考え方が定着する。そうして、そのプレッシャーから逃れるために、望まない安楽死という、本来の『安楽死』が目指した形とは真逆の、矛盾した終末医療をドクター達は背負わされます。それは積極的な自殺の手助けに他ならない――」

いい感じだ、と思った。

日本人目線からの日本人観と、外国人の持つ日本人観とのギャップも目新しく話せたと思うし、ビジュアル資料も豊富に用意できた。外国人ウケが良いアニミズム信仰や太平洋戦争の集団自決などの話題にも深く触れられた。

ようやく教室全体を見渡す余裕が出てきて、クラスメイト達の顔を見比べながら、最後のまとめに入ろうとしたときだ。ハンドアウトやパワーポイントに目を向けている学生が多い中、一人の学生と目が合った。葉二の下敷きに爆笑したイタリア人の学生だ。名前をフェルディナンドという、ファインアートを志して最先端のロサンゼルスにやってきた、まだ十代の学生だったはずだ。葉二のことを何度か「十二歳ぐらいにしか見えない」と言って日本人童顔ネタでいじっていた。

フェルディナンドは葉二と目が合うと頬杖を外して、そのままかったるそうな仕草で伸びをしてから、額の前あたりに指を立てるヨーロッパ流の挙手をし、口を開いた。

「喋ってもいい？」

「え、あ……どうぞ」

「眠くなるんだよなあ。聞く気になんないんだよ、なんか、アジア人の学生のプレゼンってさぁ……けっこう皆思ってると思うけど」

「え」

「特に日本人のプレゼンは本当に貧相だよな。ボディーランゲージがとにかく下手すぎて、本当に、壁に向かって喋ってるようにしか見えないから、そもそも『プレゼンテーション』になってない。だからほら、みんなお前じゃなくて資料とかパワポとか見てるじゃん」

最後に肩を竦めて「ふう」と息をつかれて、頭の中が真っ白になった。

次に何を言おうとしているのかも吹き飛んでしまい、葉二が立ち尽くしていると、そこから別の学生が口を挟み、日本人の同調圧力の話題から、日本文化批判のような流れになってしまった。日本語はどんな楽しい話をしていても声に抑揚がなくて怖い。日本人は表情が乏しくて感情が薄そうなのに突然突拍子もないことをする。あんなに大人しくて紳士的なそぶりをしているくせに痴漢や変態がたくさんいる。

やばい、と思った。説得力のあるソースだと思って出した近現代日本人論が完全に裏目に出て、ネガティブな方向に走り出してしまった。やっちゃった。何とか挽回しなきゃ、と思うものの、正面切ってこき下ろされたショックで頭が上手く回らない。こういうところもオーソドックスかつ伝統的な日本人の挙動に違いない。

――ていうか、先生も面白そうに見守ってないで助けてくれよお。

冷や汗を掻いて青ざめながら立ち尽くしていたとき、奥の方の席から、スッと手が上がった。一瞬の沈黙が訪れる。「ナチス式の敬礼に似ているから」という理由で海外ではタブー視されている、完全な日本式の、手のひらを向けてまっすぐに伸びた挙手だった。驚いて見れば、葉二のプレゼン中どころか、授業中ずっと半分寝たような顔をしていた朝日が背もたれに全体重を預けた姿勢で、手だけをしっかりと挙げていた。

「喋っていい？」

と、朝日はフェルディナンドの言い回しを真似て言った。

「どうぞ……」

頬っぺたにだらだらと困り汗を垂らしながら葉二が言うと、朝日は少しだけ口角を上げて葉二の視線に応えた。

「フェルディナンドの指摘は事実だと思うし、ここがアメリカである以上、プレゼンテーションでの表現力については彼をはじめ、俺たち日本人、みんな努力すべきだと思う」

思いもよらない流暢な英語だった。授業でもあんまりやる気を見せず、ろくに口をきいたことがなかった日本人学生がいきなり流れるように喋り出したことで、葉二もフェルディナンドも、先生も、皆が黙って目を丸くした。驚いたときの人間の反応はお国柄にまったく関係ないことを、こんな流れで知ることになるとは。

「確かに俺たちは、目に見える形で感情や言いたいことを表に出すことにあまり慣れていない。だけど――」

そこで朝日は言葉を切って、一度ゆっくりまばたきをしたあと、フェルディナンドをはっきりと見据えて言った。

「だけど、それは、俺たちがボディーランゲージや表情で情報を補う必要がないくらい豊かな母国語で育ったことの裏返しでもある。それだけは覚えておいてくれ。他人の価値観を自分の物差しで測ってこき下ろす前に」

朝日は誰の異議も挟ませない圧でそこまで言い切ってから、あとは元通りのやる気なきチンピラスタイルで着席し、澄ました顔で両手をポケットに突っ込んだ。

たぶん、さっきのは。

皆と一緒に沈黙させられながら、葉二は考えた。

たぶん、さっきの朝日の意見の伝え方は、欧米式のプレゼンテーションのパフォーマンスとしても完璧の仕草だった。

嘘でしょ。

助けられた事実に感謝するよりも先に、出会ってから今日までベッタリと寝食を共にしてきた事実上のルームメイトが、クラスの誰よりも流暢な英語を話し、あまつさえクラスメイト達を押し黙らせる機転と覇気(はき)を持っていた。そのことにシンプルに驚いて、ポカンとアホ面を晒していた。

「あー。うーんと…」

最初に我に返った先生がどうやって場の収集をつけようか思案し始めたところに、ちょうどよくお昼休みを告げるチャイムが鳴った。

助かった、という感情をはっきりと顔に出して肩を竦めた先生はやっぱり、毅然としたイエス・ノーの概念を基盤に持つ、アメリカという国に生まれ育った人間なのだろう。

授業が終わったあと、パワーポイントの資料を片付けている最中に、すでに朝日の姿がないことに気付いた。

「あれ…⁉　いつも待っててくれんのに…」

なんで今日に限って、と思いながら朝日を探しているうちに、結局一階のカフェまで降りてきてしまった。自販機が目に入って、そういえば今日はプレゼンの緊張で朝から一滴も水分を口にしていなかったことを思い出した。

「あー、朝日の分も買っといてやるかあ。さっきのお礼に…」

ちょっと裏切られたような気持ちで、そう口に出しながら十ドル紙幣を自販機に突っ込む。あまりにも忠犬みたいに待たれていると辟易するが、待っていてほしいときにいないとかなり寂しい。

「どこ行っちゃったんだろ」

二本のドクターペッパーを腕に抱えてきょろきょろ周りを見回すと、カフェの入り口に固まって立っていた数人の学生がこっちを見ていることに気が付いた。フェルディナンドと、何度か見掛けたことのある別クラスのフェルディナンドの友達だった。

「な、何…？」

やな予感、と思うと同時、フェルディナンド達は葉二と目が合った瞬間にクスクスと笑い出した。よくあるアジア人ディスの、人さし指で目尻をニュッと持ち上げるツリ目のポーズとともに、「アー、エーット」と、呪文みたいな声を出す。

「へ……」

あ、俺か。

それが自分の物真似だと気付いて、頬と耳が焼けるように熱くなった。やばい。俺、たぶん今顔真っ赤だ、と思った。

フェルディナンドは、葉二のプレゼンで朝日に見事に沈黙させられたことで、恥を掻いたと思っているのだ。その腹いせに、何も言い返せない葉二をコケにして「日本人」に仕返ししようとしている。むかつくよりも恥ずかしくて仕方がなくて、こんな風にされても何かを言い返すことができない。情けない。恥ずかしい。

どうやってこの場から逃げ出そう。いちばん目立たないように、と考えて踵を返そうとしたとき、目の前を一瞬、影が舞った。

「謝れ」

日本語の一言とともに、視界が黒いパーカーの背に隠れて、その次の瞬間どよめきと悲鳴が上がった。

「朝日！」

反射的に叫んだ葉二の声も聞こえないようだった。

腹の真ん中を蹴飛ばして床になぎ倒したフェルディナンドにのしかかって、朝日はもう一度低い声で「謝れ」と言ったあと、拳で容赦なく顔を殴った。

鼻血を出しながらか細い悲鳴を上げるフェルディナンド、目の前の事態になすすべもなく立ち尽くしているフェルディナンドの友達、そしてカフェでランチをしていた他の学生たちも、何事かとざわついていて、入り口で巻き起こっている流血騒ぎに気が付いた。

「聞こえねえのか。謝れつってんだろうが」

また日本語で言いながら、朝日はもう一発フェルディナンドの顎を殴った。鼻血で滑ったのか、さっきよりも鈍い音がした。

運の悪いタイミングで階段から降りてきたサリー姿の女子学生が二人、遭遇した暴力沙汰に悲鳴を上げる。その声で、ようやく葉二は我に返った。抱えていたドクターペッパーのペットボトルを放り出して、朝日のところまですっ飛んでいった。

「朝日！」

後ろから抱き着くようにして、どうにかフェルディナンドから引き剥がそうとする。

しがみついた体から煙草の臭いがして、ああそっか、煙草を吸いに姿を消してたんだな、と頭の隅で葉二は思った。

「ちょっと、朝日くんてば！　日本語！　そいつ日本語分かんないから！」

という、事態の抑止に一役も買いそうにないセリフを叫びながら朝日を後ろに下がらせるため腕にあらんかぎりの力を込めた。

「ねえ、朝日やめよ。もういいよ、もう充分だよ。フェルディナンド、いま自分のこと世界一かっこ悪いと思ってるよ…」

ね、ね。と宥めながら腰のあたりに縋りついて朝日の顔を見上げると、朝起こしてくれたときとは別人のように瞳孔の開いている朝日と目が合って、身が竦んだ。こいつ本当にヤンキーなんだ、と思った。さっきはソツのないインテリぶりを見せつけられたばかりだったのに。頭が混乱してくる。

「葉二さん」

「朝日、ダメだ、暴力は。殴ったらダメ」

ようやく朝日が自分の存在に気付いてくれたので、腕の力を少し緩めて、葉二はとんとんと朝日の背中を撫でた。心臓がバクバクしていた。

「みんなビビってるから。な。とりあえず場所移そう」

「あー……確かに」

自分の起こした騒ぎの大きさにやっと気付いたらしい朝日は、決まり悪そうに後頭部を掻きながら、のんきな仕草で「…っこらせ」と呟いて、見るも無残な姿のイタリア人学生の上からどいた。

事情は、あっという間に担当の先生と学校のケアスタッフと日本側のエージェントにまで届いた。当然ながら午後の授業はまるっと潰れて面談になり、葉二と朝日は個別面談のあと、一緒に呼ばれた。フェルディナンドは朝日とも葉二とも顔を合わせたくないとのことで、不在だった。当然だ。

今回の件は、暴力沙汰を起こした朝日の罪がいちばん重いのは当然だが、その前のフェルディナンドのアジア人差別発言と挑発行為のことは、学校も本人も重く受け止めるとのことで、厳重注意に終わった。ただし、残り数日とはいえ、同じクラスでこれ以上一緒に授業を受けるのは難しいだろうということになり、来週からも授業のあるフェルディナンドは、明日から別のクラスに籍を移すことになった。

その帰り道のこと。

葉二が床に放り投げたせいで蓋を開けた瞬間に炭酸が爆発し、中身が四分の三ほどに減ったドクターペッパーを啜る朝日は、まるで元通りのような顔をしていた。

「朝日」

「うん」

「うんじゃないよ。お前なあ、なんでそんなに平然としてんの？　あんなことして、明日からどうすんだよ。大学にも連絡行っちゃったら……てゆーか、人を殴るな！」

わーわー言い募る葉二に、朝日は相変わらずのジトッとした目線を返した。

「明日からって、まともに授業あんの明日までじゃん」

あとはフェアウェルパーティーとかみんなで小旅行とかそんなんだろ、と、至極どうでも良さそうに言う。

「そうだけどさあ～～～」

がっくりと肩を落とした葉二をよそに、朝日はどこ吹く風のような顔で信号待ちをしていた。

交通の治安においては大渋滞かマシンガンのようなスピードで流れているかの二極化しているロサンゼルスの道路事情だが、どういうわけか、この国のドライバーは一時停止線だけはきっちりと死守する。

「…あれだけは日本のドライバーよりちゃんとしてるよな」

朝日の目線の先に気が付いてそう言うと、朝日は何言っててんだコイツと言わんばかりの顔で葉二を振り返った。

「いや、そんなマナーとかの話じゃないでしょ」

「え、どういう意味」

朝日は葉二の質問に答えるかわりに、顎先で交差点の先を示した。

「は？」

見れば、真っ白な髪を高く結った優しそうなおばあさんが、ヨタヨタと赤信号の交差点を横切って行くところだった。あちこちから一斉に急ブレーキとクラクションの音が上がる。

「お、おお…」

「みんな必要に迫られたことしかやってない」

分かりやすくていいね、と語尾に音符でも付きそうな調子で言った朝日の背後で、葉二はヒッと息を呑んだ。

「無法者はお互い様だから」

などという、含蓄（がんちく）のある朝日さんのお言葉とほぼ同時に、目の前の信号が青に変わる。

「ほら青だよ、葉二さん」

「ア…ハイ……」

通りすぎざま、思わず葉二が振り返ると、おばあさんのTシャツの背中に黒々と印字された「FUCK THE POLICE」というデスメタル調の文字が、ロサンゼルス名物のトラフィック・ジャムの間を縫って、ゆっくりと消えていくところだった。

おかしいのはもしかして俺の方なのか？

海の方から絶えず吹いてくる乾いた熱風に前髪を煽られながら、横断歩道の真ん中で空を仰ぐ。葉二は改めて自分の価値観を問い直す羽目になった。

部屋に着くなり、朝日は荷物をすべて床に放り出して、ベッドの上にうつ伏せに倒れ込んだ。

「はーー…疲れたな」

「疲れたのはこっちの台詞なんだけど」

朝日が放り出した荷物を一つずつ回収しながら、葉二は朝日の言葉に突っ込んだ。

「もしかしてそのまま寝るつもり？　まだ説教終わってないからな」

言うと、布団に埋めていた顔をぐりんと横に向けて、朝日は葉二の顔を目線だけで見上げた。

「もう一回言うけど、ダメだぞ、あれは。いくら腹が立っても、あんなことしたら絶対にダメだ」

朝日も何か思うところはあるのか、黙って葉二の叱責を受け入れた。

椅子をゴロゴロと引っ張ってきて、ベッドの横に位置を取る。椅子の上にあぐらを掻くと、ようやく話せる心持ちになった。

「今日……俺さあ、朝日が授業でかばってくれて…嬉しかったのに」

なんとなく言い淀んで、覚束ない口ぶりになってしまったが、ようやく言いたかったことを言えた。

「別に。かばったわけじゃないよ」

朝日は半分布団に埋もれたまま、珍しくつれないことを言った。

「じゃあ何だったんだよ」

「ムカついたから」

一言で言い切った朝日の身も蓋もなさに、葉二は眉を寄せた。そこでシャットダウンされる意味がまるで分からなかったのだ。

「ムカついたから、て、あのな…」

「あのなも何も」

「お前、何なの？　そもそもだよ、お前、なんであんなに英語喋れるくせに喋れないフリしてたの？　あんなに…ちゃんとした自分の考えがあるのになんで言わないの？」

ムキになって言い募る葉二の顔を、朝日はじっとまばたきもせずに見つめていた。そして、どうしても葉二が納得しないのを悟ってか、ふう、と疲れたようなため息をついてから、やっとまともに弁解を始めた。

「別に喋れないフリなんてしてないし、特別な考えとかもない。クラスのアホが葉二さんをこき下ろしたから頭に来ただけ。ボコしたのも同じ。葉二さんが何も言わないから、俺が代わりに殴った。ホント、それだけ」

改めて説明することなんて何もない、と、朝日は言った。

朝日のその言葉に、少なからず葉二は傷付いた。まるでみんな、己の気分ひとつでやったこと、アンタの存在は関係ない、と宣言されているのに他ならないと思ったからだ。

それに、結局朝日は人を殴った。部屋に滞在させることの条件として、喧嘩しないこと、人を殴らないこと、と、ちゃんと約束したのに。

別に葉二だって鬼じゃない。今回は事情が事情だし、残りの滞在日数もあと数日になっている今、約束を破ったからといってさっさと追い出すような真似はしない、もちろん。でも、もしかしたら朝日はそんな約束をしたことすら忘れているか、あるいは覚えている上でどうでもいいと思っているのかも知れない。そう思ったら、なんだか全てが独り善がりだったように思えてきて、裏切られたような寂しさを覚えた。

「お前…」

――俺のこと、本当はどうでもいいの？

というフレーズが胸をよぎってしまってから、なんだ今の女々しい感情は、と、慌てて思い直して、ぎゅっと目を瞑った。

感情を口に出す代わりに、ひそかにずっと気になっていたことを朝日に尋ねた。

「朝日、なんで留学来たの？」

「なんでって」

「謎だよ。だって、お前は俺より一個年下だけど、学年は同じ四年じゃん。ホントは就活じゃないの、今の時期って。お前、別にアメリカでやりたいことがあるようにも見えないし、英語だってもともと話せた…ということが、今日判明したし。俺と違って、とくに遊びたいわけでもなさそうだしさあ」

おまけに、留学初日からホストファミリーと喧嘩して流血沙汰起こしてるし。

「俺はさあ、お前が英語分かんなくて心細いんだろうなって思ったから、ここにいていいよって言ったんだよ。まさかこんな、最後の最後であんなに喋れると分かるとは…」

「や。それは俺のせいじゃない。アンタが勝手に俺を見掛けで判断して決めつけただけのことだろ」

「う…！　まあ、それは確かに…」

というか、なるほど、確かに。言われてみれば、この数週間、一緒に遊びに行った先で朝日が英語のやりとりに苦心しているシーンは一度も見たことがなかった。

「はあ〜〜〜〜〜〜〜……」

肺の中身が全部口から出そうな程のため息をついて、葉二は椅子にあぐらを掻いたまま、がっくりとうなだれた。

葉二の凹みっぷりをさすがに見かねたのか、朝日はその場にむっくりと起き上がって、頭の左側の髪をもしゃもしゃにしたまま、葉二に目線の高さを合わせてきた。

「まあ、葉二さんの言うとおりだよ。基本的に」

「ン？」

朝日の言葉の文脈を測りかねた葉二は、まばたきして顔を上げた。

「俺は別に、やりたいことがあってアメリカに来たわけじゃないし、遊びたかったわけでもない。端的に言えば、親父にアメリカに放り出された」

「おやじ…？」

「うん、親。俺が刺青入れたから。親父に頭冷やして来いって放り出された。一回海外にでも出て色んな人間と接したら、俺が何か変わるんじゃないかって期待したらしい」

まあ、そんな簡単に人間変われるもんなら誰も人生苦労しないけどね。と、朝日は平然と言って、乱れた髪を手で撫で付けた。

「あと、就活ね。俺は大学卒業したら実家の家業継ぐことになってるから、就活はしない。その代わり、何ヶ月か修行に行かなきゃならないんだけど」

「えっ、何。修行？」

「そうだよ。一応資格仕事だから」

「い、いいなあー…」

「何が」

「もう進路が決まってるなら、何も迷うことなんかねーじゃん」

己の未来が定まっている、ということが、進路への迷いからわざわざ太平洋を超えてしまった葉二には心から羨ましく、眩しくてならなかった。へこたれた声で言った葉二の言葉に、しかし朝日は不機嫌そうな溜息を吐いた。

「そうでもないけどね」

「なんで？」

「まあ、これは言っても平行線だから、いいよ」

朝日はときどきこうやって、意図して説明を省くようなそぶりを見せることがある。どうせアンタには言っても分からんと一線を引かれているようで、毎回言いようもない寂しさに駆られるのだが、葉二にはその心情をうまく説明することが出来なかった。

葉二の表情をちらりと見たあとで、朝日は省いた話の代わりのように、別の話題を切り出した。

「確かにまあ、俺は他にやりたいことも別にないから大人しく家の仕事継ごうと思ってるんだけど。俺の実家、水面下では割と荒れてんすよ」

言いながら、言葉を選んでいるのか、朝日は首の後ろを撫でさするような仕草をした。

げ。それイケメンが決めポーズするときにするやつじゃん。

と、辟易しながら葉二は思った。

「俺の親父、俺だけじゃなくて、基本誰に対してもムチャクチャ厳しい人間なんだけど、スゲー自分には甘いんだよな。甘いっていうか」

「ていうか？」

「まあ…端的に言うと、俗物なんだよな。愛人が片手の指じゃ収まらないぐらいいる」

「えっ」

思わず葉二が肩を跳ねさせると、朝日はイケメンのお悩みポーズのまま、流し目に葉二のことを見た。だからそのイケメン仕草なんなんだよ。

「そんでまあ、俺は小さい頃から修羅場っぽい場面に何回も出くわして来てて……当然、親父と母さんは家の仕事のこと以外でほぼ会話もしない」

「そ、そうなんだ…」

「それだけならまだいいけどね。家族はお互いみんな割り切ってて、ビジネスパートナーみたいなもんだし。でも最近は、親父の愛人がかなり厄介だから」

「どういう意味？」

「俺にシナを作ってくる女が何人かいる」

「はあ！？？？」

間髪入れずに大声を出した葉二に、朝日はぎょっと目を丸くした。

「何だそれ、最悪だな。ただでさえ既婚者の愛人なんてやってるくせに、見境なしかよ」

「あー、まあ俺親父と顔似てるからな。自分で言うのも嫌だけど」

「そういう問題じゃないだろ！　最悪、ほんとに最悪だ」

見も知らぬ年増女たちの姿をもやもやと脳裏に思い描いて、葉二は激しく苛立った。

おばさんたち、いや、お姉さんかも知れないが、とにかくそいつらの気持ちは、確かに分かる。朝日はかっこいい。とても。顔が綺麗なだけじゃなくて、仕草の一つ一つがいやに静かで美しく、背中に彫り物の入っているチンピラのくせに、その乱暴さを感じさせない品がある。いつもダボついた服を着ているせいで細身に見えるけど、体付きも意外なほどしっかりしていて、思わず見惚れてしまうこともある。おまけに面倒見がよくて、案外正義感も強くて、肝心なところで優しい。だからといって、いや、だからこそ、その辺の適当な女が軽率な性欲に駆られて手を出していい男じゃない。

「なあ朝日、そいつら出禁にできないわけ？」

「いや、そんなこと出来るもんならとっくにしてるだろ、冷静に考えて」

「そうだけどさぁ～～～～」

気にくわない。本当に気にくわない。

なんで当の朝日がそんなに悠長に構えてるんだ？

「そんな家大人しく継ぐわけ？」

眉間にぎっちりと皺を寄せ、詰問の口調で語尾を上げた葉二に、朝日は戸惑ったような顔で聞き返した。

「ええ…？　何かさっきと随分言ってること違ってねーすか？」

「だって、さっきはンな変な女がうろついてるとか聞いてなかったもん」

「『もん』って……」

朝日は呆れたような半笑いを浮かべて、ムキになる葉二をいなした。

「つーか、何そんなに怒ってんだよ葉二さん。あんなにディスられてもバカにされても頑なに穏健派貫いてたくせに」

「言っただろ。俺怖いのとか悲しいのとか、暴力的なのとか、苦手なの。そういうものからは徹底して距離置きたいタイプなの」

「人んちの親父の愛人強制的に出禁にしようとするのは乱暴じゃないんかよ」

「それとこれとは別の問題だろ」

据わった目をして頑固極まりない受け答えをした葉二に、朝日は困惑の表情で宙に視線をさまよわせながら、「そうかあ？」とだけ言った。

それから、朝日は半ばむりやり葉二の気を逸らすように、わざとらしい咳払いをして、勝手に話を継いだ。

「とにかく、俺はそんなことがあってしばらく家にいるの嫌だったから」

「うん…」

「親父に休みの間留学にでも行って来いって金だけ渡されて、俺もまあ、まんざらでもなかった。俺はもともとあんま人間好きじゃないし、興味も持てないたちだから、何かいつもと違うもの見てみたら価値観でも変わるかと思って、色んな人間のいそうなアメリカに来たけど――」

でも分かったのは、どの国の人間も、結局つまらないことで嫉妬したり足を引っ張り合ったりする。

「結局、どこに行ったっているのは『人間』なんだよな」

「朝日…」

育ってきた境遇上、人間の嫌なところをたくさん見てきた朝日が、それでも何かを人間に期待してアメリカに来た挙句、「結局どこに行っても同じ」という厳しい現実の結論を得てしまったことに、少なからず葉二の胸は痛んだ。

「でも、一つだけいいもの見つけたから」

「いいもの?」

頭の上に疑問符を浮かべてオウム返しに聞き返すと、朝日はこの至近距離で見てようやくそうと分かるほどの小さな微笑みを浮かべた。

「うん」

笑ったまま、葉二の胸の真ん中あたりを、まっすぐに指さした。

「葉二さんといるのだけは、ずっと楽しかった」

朝日の思わぬ吐露に、今度は葉二が目を見開いて息を呑んだ。

「へ…」

「最初は正直、苦手なタイプだと思ったよ。学校の、オリエンテーションの自己紹介のとき。まあアンタは俺のこと覚えてなかったみたいだけど」

ヘラヘラして、話の調子を合わせるのが上手くて、苦労知らずの温室育ち。私立文系大学の、お金持ちのお坊ちゃま。アッパーの陽キャラ。

「でも、その本持ってたから」

朝日は顎の先で、机の上に放置してあった葉二の愛読書を示した。

「わざわざ留学先まで持ってきて、お守りみたいに持ち歩くほどに波田野ノリヲの本が好きな奴は、絶対そんな人間じゃないよ」

「そんなの…」

「分かるよ。こう見えて俺けっこー本読むから。好きなんだよな。小さい頃から、あんま親に相手にされなかったから、暇なとき本ばっか読んで育ったし」

だから信憑性あると思うけど。と、朝日はにやりと笑いながら言った。

ゴミの中に埋もれていた野良猫の朝日を拾った日、ワタワタするだけの葉二に対して、朝日がそんなことまで考えていたなんて。

「葉二さんが、ゴタゴタあって結局俺を懐に入れて最後まで面倒見ようとしてるのが分かって、本当、驚いた。不器用でバカでお人好しだと思ったよ。そういう人、今まで俺の周りにはいなかったから」

そう言われて、胸が詰まってしまった。

俺はそんなに綺麗な人間じゃない。そんな風に良い方に誤解されるとつらいよ。

そう思うのに、訂正の言葉を挟む勇気が出なかった。今の話を聞けば、さすがの葉二にだって分かった。朝日は、寺島朝日というこの綺麗な男の子は、人間の汚さに嫌気が差しているくせ、どこかで強烈に人間に期待をしてもいる。人間は、本当はもっと美しいはずだとどこかで思っていて、それをあろうことか俺なんかの中に見出そうとしている。

（お前の方がずっとお人好しだよ。お人好しで、すごく綺麗だよ）

口に出したら何かが自分の中で決壊してしまいそうな気がして、葉二はそれきり何も言えなくなってしまった。

何かをしてやらねばいけない気になって、冷蔵庫の中に密かにとっておいたビールを開けた。というか、酒の力でも借りなければこれ以上朝日と話せないと思ったのだ。

薄いバドワイザーでも充分だった。それから酒を飲みながら学校や好きな本の話を少しして、すっかりいつもの雰囲気に戻ることが出来た。

「なあー、朝ピ、今度こそ約束な」

「なに」

「もう人を殴るなよ」

ふわふわした頭で、それでもこれだけは言っておかねばならぬと思い、朝日の顔を両手のひらでサンドして、目と目を合わせた。

「あ。そのこと…」

顔を固定されたまま、朝日は少々気まずそうに目線を斜め下に逃がした。

「…っスね。約束破って、すいませんでした」

信じられないほど素直に謝った朝日に、葉二は仰天した。もしかしたら、酒の力を借りたかったのは朝日も同じだったのかも知れない。

「約束します」

ちゃんと葉二の目を見て言った朝日の、普段のスカした男くささと違った幼さに、胸の

底がうずいた。

「いい子いい子。おまえはホントいい子だ。すきだよ朝日」

「は…?」

「かわいい」

頭を撫でくり回して、まっすぐで綺麗な黒髪を思うさま乱してやった。

こんなに良いように触られまくると思っていなかったのか、朝日は何を言っていいのか分からないようなむにゃむにゃした顔で、なおも顔から離れない葉二の両手を上から掴んで、「もうやめて」と言った。

「にゃははは、ごめんて」

「酔ってるだろ」

「ちょっとしか酔ってない。俺も約束する。次、日本で会ったときもずっといい子にしてたら、また撫でてやるから。ね」

だから元気でな、と言うと、朝日は不思議な短い沈黙のあとで、「分かった」と笑いながら言った。

◇

圧し掛かる人肌の温かさと重みの心地よさで頭がぼんやりしている。

なんでこんなことになってるんだっけ、と頭の片隅で思うものの、頭がふわふわしていて、うまく頭が回らなくて、物を考えられない。

（まあいいや、今おれは、寂しくない）

まぶたと頬っぺたに音を立てずに唇が押しつけられる感触がして、口にもしてくれないかな、と思っているうちに、耳の裏を辿って首筋までキスが下りてきた。濡れた舌が這うのを感じる。もどかしさと気持ち良さの間を行ったり来たり。もっと強く舌先で弄って欲しくて、知らず知らず息が荒くなる。

長い前髪の先が喉や鎖骨の上を掠めるたびにくすぐったくて、鼻に掛かったような声が出る。髪を撫でてもいいかなあ、とたまらなくなって、頭に手を伸ばそうとすると、自分より少し大きな手のひらで、手首ごとペタンと布団の上に押し付けられた。

「ン…なん、」

「ちょっと、大人しくしてて…撫でるのが、好きなのは…分かったから」

動きを封じられて心許なくなった手をあやすように、手のひらの真ん中を指の背で何度か擦って、それから指を一本ずつ、火照った指先が撫でてくれた。指の間に指が入ってきて、関節を押し広げられる感覚が気持ち良くて、ふにゃふにゃになる。もっとそれして、と言おうとして呂律が回らなくて、赤ちゃんがむずかるような言葉を成していない声が、唇に引っかかるように漏れた。

シーツの上で指をしっかり絡ませたまま、「ごめんね、あとちょっとだけ待ってね」とでも言うみたいに、親指が何度も指の付け根を撫でてくれる。目を開けていられなくて、されるがままになっていると、空いた方の手のひらでずっと腰の辺りを撫でられていたのが、腿の上を這って脚の間に滑り込んできた。

「逃げない」

反射的に膝を閉じそうになったが、太腿が割り込んできて阻止された。

「同じ男でも、気持ちいいとこは違うのかな」

ほとんど吐息に紛れるような声でそう言われて、葉二は薄く目を開けた。

「ね、葉二さん。だから気持ちいいとこ教えて、うまく出来たら褒めて」

そんな殊勝なことを言いながら、手の動きは全然遠慮がなかった。すでに決壊寸前に勃ち上がった陰茎を根元から擦り上げられて、思わず腰が浮く。親指の腹を裏筋に這わせながら強弱をつけて擦られると、自分で耳を塞ぎたくなるような甘ったるい嬌声が漏れた。

爪の先で鈴口を弄ばれて、軽く弾かれると、頭の中に白い火花が散った。

「やめて、ちょっと待って」

「やなの?」

「やだ、きつい、いっちゃ、から…」

様子を見るような沈黙が少しあって、それからあやすように前を二度三度扱かれて、その感触で下半身がぐちゃぐちゃに濡れそぼっているのに気付いた。手の動きが止まるともどかしくなって、まるでおねだりするみたいに勝手に腰が動いてしまう。

「こんなに気持ちよさそうに見えるけど」

「気持ちい……」

「どっちだよ。気持ちいいならそう言って」

なんでそんな必死な声で言うんだろう。ぼんやりと頭の中で思っていると、肩口に頭を埋められて、首の付け根を強く吸われる感覚があった。

「あ…、ン、跡、つけるの？」

「そーだよ」

唇を離すとき、ぢゅ、と音が立って、その音に触発されて興奮して、頭がくらくらした。

「はあ…」

呼吸の仕方もよく分からないみたいな吐息が耳にかかって、なんてかわいいんだろうと思った。嬉しいな。どうしてこんなに一生懸命なんだろう。かわいいな。きもちいい。

思っている間に、べたべたになった指先がさらに脚を広げるように押し入り、後ろの穴の入り口をまさぐってきた。悲鳴に近い声が出そうになって息を呑む。

「狭……、ホントに、こんなとこに入んの？」

入ってこようとする指を受け入れるために、意識して力を抜いた。

大丈夫だよ。俺は大丈夫だから、そんな不安な顔しないで、おまえが泣きそうなのは嫌だ。

「おいでよ」

中指が前立腺をトントン、とリズムよく弾き出すころには、先走った汁で目の前にある綺麗な腹筋を汚していた。

「潤さん」

首筋にかじりつくようにしがみついて、うわ言のように名前を口にする。その瞬間に、くらくらした視界の中で、間近に顔を見る。なんて綺麗な目。長い睫毛、濡れて光を反射する黒い瞳が心細そうに揺れている。指先で辿りたくなるよう曲線を描いた鼻筋。

抱きしめた目の前の身体がこわばるのを感じた。

どうしてこんなに似ているのかな、と上手く回らない頭で思い、同時に、誰と誰が？と繋がらない思考が聞き返す。

「早く来て」

ほとんど吐息に掠れた声でそう促すと、不安げな視線とは裏腹なためらいのない動きで、そそり立った陰茎が一気に身体を貫いてきた。

「あ……ッン」

「あ、キッ…、」

「ンン…、ほら、ね……入った」

「は…ダメ……動いたら……出る……」

応える余裕もないような呼吸をしているのを見て、可哀想に思った。大丈夫だよ、と言ってやりたくなって頭を両腕で抱えてよしよししてやると、ようやく気持ちを持ち直したように見えた。

あーあ、綺麗な髪、ぐしゃぐしゃ。俺のせい。俺この髪の毛、大好き。黒くてまっすぐで、さらさらの。少しだけ煙草の匂いがする。

「葉二さん」

「ん…」

「葉二さん。俺、やだ…」

「あ、どした、の…、何が、いやなの」

「葉二さんが男の受け入れ方、知ってるの、悔しい」

「え、なん…、あっ、あ……」

中を突かれ始めると、それ以上先の会話をする思考力が吹き飛んでしまった。

求められている、と思った。圧し掛かる身体の熱さに、胸が焼け付いて、脳みそまで焼ききれそう。何も考えられなくて、目の前にいて自分を求めてくれる、この人の名前すらもちゃんと脳裏に描けない。甘えたような嬌声が止まらなくて、自分の喉じゃないみたい。ずっとピンと立ったままの足の爪先がシーツを引っかいてぐちゃぐちゃにしているのが分かるけれど、どうでもいい。

ねえ、俺のことだけ見て。

口に出して言ったかどうか分からないが、その言葉だけがはっきりと胸に浮かんで、自分で驚いた。次の瞬間、身体の中をえぐっていた熱い塊が引き抜かれる。腿と下腹部に精液が飛んだ。

「…っぶな、中出しするとこだった」

「あ、ちゃんとイけた…？　よかった」

葉二が息も絶え絶えに笑って言うと、ギシ、とベッドのスプリングが軋んで、肘の横あたりがわずかに沈んだ。

「そんなことばっか言うなよ」

どういう意味か尋ねようと開いた口に、舌先が滑り込んでくる。舌の裏側を強く舐め上げられて、驚いて声が出た。そんなところを他人に舐められたのは初めてだった。

ちゅーしたい、とずっと思っていた葉二の要望を満たしてくれる長いキスの間、張りつめて勃ったままだった葉二の下半身を、少し乱暴な仕草だが、手で扱いてくれた。

視界が白く弾け飛んだ瞬間、吐精の快楽に耐えかねて、目の前の身体に縋りついた。声も出すことができなかった。朝日の手のひらの中に出し終えるまで、片腕でずっと葉二の身体を支えていてくれた。

「あ、う……」

イッたあとになって、今さら快楽に負けてべそをかきはじめた葉二に、何度か唇をかじるようなキスをしてくれた。

「葉二さん、起きれる？」

すごく深い眠りに落ちていたような気がするが、そう声を掛けられた瞬間、コンマ一秒で脳が覚醒した。バチン、と音がしそうな勢いで目を見開く。

「葉二さん」

朝日の声をもう一度耳がキャッチして、急速に頭が回転し出した。そして、昨日の夜の記憶が恐ろしい程の早送りで脳裏に流れ込んでくる。

「あ、起きてる。平気？」

いつどんなタイミングで寝落ちたのかは分からないが、葉二はちゃんと上にTシャツを着ていた。下半身は、身じろぎする余裕もないので確かめられないが、パンツは履いているみたいだった。

朝日がぺたぺたと歩いてくる気配がする。冷や汗が流れて、生唾を飲み込んだ。起きた瞬間から、心臓が耳元までせり上がってきたみたいに、ドクドクと嫌な音を立てているのが聞こえていた。どうして朝日の奴はこんな、いつも通りのテンションなのだろう。夢、じゃない。身体の芯に、情事のあとの虚脱感の気配がまだ残っている。

酔いが回ってからのことは記憶が飛び飛びだが、俺が誘った、という絶望的な確信があった。

「おはよ」

言いながら、朝日は何も言えずに転がっている葉二の傍らに椅子を引っ張ってきて、逆向きにまたがるように腰かけた。背もたれに投げ出すように腕を引っかけて、行儀悪く顎を載せた朝日は、その姿勢のまま葉二を見下ろしてきた。

「大丈夫？」

「あ、はい…」

「だろうね。一応聞いた」

「………」

「…あの、」

「今日フェアウェルパーティーだけど行かないと終了証もらえないんじゃない？」

おずおずと切り出した葉二の言葉を、朝日はあっさりと遮った。自分では見えないが、たぶん死人みたいに青ざめているのであろう葉二の顔を見下ろして、まったく表情の読めない顔でまばたきをする。

「え、フェアウェル…ああ」

「俺は別にいらないからいいけど。葉二さんは要るでしょ、コースの終了証」

思わぬ話題で切り込まれて、頭がついて行かずに曖昧な返事になってしまった。

「それと」

「うん…」

ようやく自分が生き物だということを思い出して、布団の中で固まっていた手足をのそのそと動かし始める、が。

「何回か、『潤さん』って呼んでた」

ひゅ、と冷たい息を呑んだ。

「付き合ってる人?」

氷の塊が喉から胃に落ちてきたような感覚がした。

目を見開いたまま何も言えない葉二に向かって、朝日は容赦なくもう一度、「付き合ってる人?」と重ねて聞いた。

「…………ごめん」

目を合わせられない。絞り出した声でようやっとそれだけ言うと、朝日は椅子の背もたれに乗せた腕の内側に、口元を隠して押し黙った。

「ごめん、なかったことにして、昨日の」

自分が口に出している台詞に死にそうな気持ちになりながら、おそるおそる朝日の顔を見る。朝日は表情のないまま、まっすぐにこっちを見ていた。真ん中で分けられた前髪が一筋、きれいな鼻先に掛かっていた。

「なんで?」

朝日は一言、そう聞いた。

「…お前の言う通り、付き合ってる人がいる。いや、付き合ってるかどうかは、もはやちょっと微妙なんだけど…。俺の好きな人だ、高校時代からの」

「それが『潤さん』?」

朝日の口から出た「潤さん」の名前に、心臓を切り裂かれるような思いがした。カラカラに乾いた口の中で、悲鳴を飲み込んで、小さく喉を鳴らす。

「そう。俺の泣き落としでなんとか関係が続いてるだけの、ほぼ片想いの先輩だよ。俺、潤さんとのことで、自分がどんどんなくなってく感じがしてて……それで、自分を取り戻そうと思ってアメリカに来たのに、結局ここでもずっとウダウダ潤さんのことばっか考えて、ほんと、ダメだった」

言いながら声が尻すぼみになって、最後の一言は、ほとんどため息に掻き消えるみたいになってしまった。

「何もかも中途半端なの、俺。お前と違って」

朝日は何も言ってくれない。

「ごめんな朝日。俺、朝日に酷いことした」

朝日は感情を顔に出さなかった。

「腑に落ちた」

と、一言だけ言った。

「え…何が、」

「今までのこと、色々」

その言葉に青ざめて、もう一度「ごめん」と言った葉二に、朝日は無言のまなざしを返した。怒っているようには見えなかったが、どう思ったのかは教えてくれなかった。

朝日に失望された。

その思いは、アメリカにいる間じゅう、ついぞ一度も連絡のなかった潤一のことを超えて、葉二の心を粉々に砕いた。

それから何をどうしたものか記憶がないが、頭が真っ白のままどうにか学校へ行き、まったくおめでたさの欠片もないまま、フェアウェルパーティーに出席した。

朝日はサボりのようだった。もともとこういうイベントを好きな奴ではないが、間違いなく葉二と同じ空間に居たくなかったのが理由だと思うと、もうその場から一歩も歩き出せないような気分になった。

朝日に嫌われた。

打ち上げに参加する気にも当然ならず、半ばどうでもいい終了証を指先に紙屑のように挟みながら、ウェストウッドの交差点に立ち尽くしていた。

ぞっとするほど青い、青を通り越して黒々としたカリフォルニアの空が頭上にのしかかっていた。熱風に前髪を煽られて、目も開けていられないほど強い日差しを真っ向から顔に浴びて、立ち竦む。目に映る世界が、焦点を中心にして丸く歪んでみえるほどの猛烈な太陽の光を、ここに来るまで知らなかった。

どこまで逃げようが、結局どこにも行けないのだと思い知らされる、毎日同じ、どこまで行っても同じ、ずっと宇宙の奥の方まで虚無をはらんだ、カリフォルニアのピーカンの青空の下から、逃げ出したくてたまらなかった。

あとは荷造りと帰国だけを待つ寮の部屋に帰ると、少ない荷物をさっさと詰め終えていた朝日が、部屋で煙草を吸いながら振り返って「おかえり」と言った。

「はは…部屋で吸うなよ」

「もういいだろ、あと帰るだけなんだし」

ギョッとするほど普通の態度の朝日は、あっけらかんとそう言って、唇の先で煙草を弄んでいた。

「そっか。もう追い出されることもないもんな」

眉を下げて笑うと、朝日もようやく笑い返してくれた。

「元気でな朝日」

「うん。いい子にしとくよ」

「はは」

純粋に慕ってくれていたのだと思う。その優しさと寂しさに付け込んで、己の欲の食い物にしてしまった。もうたぶん、何も元通りにならない。俺が壊した、とハッキリと思った。世界でいちばん優しい年下の男を、むちゃくちゃにしてしまった。

もうきっと、二度と会わない人間だ。

それだけが唯一の救いだった。人生でいちばん後味の悪い思い出を、知らんぷりして、見ないようにして生きていける。その意地汚さだけが俺の特技だから。

全部葬る。最低な人間として、最低の形で自分の心の奥底へと葬る。

ゴミ箱の間にぼろきれみたいに挟まっていた姿も、片手に持っていた一冊の本から一日で正体を見抜いてくれた敏（さと）いまなざしも。喧嘩っ早いくせにやけに従順ないじらしさも。些細な約束を守ろうとする意外な律儀さも。早起きでマメで面倒見のいいところも。笑うと少し幼くなる、とびきり綺麗な顔も。さらさらのまっすぐな黒髪も。縋りついた身体をずっと抱き留めていてくれた、体温の高い腕も。

だから、俺が泣くのは絶対に駄目だ。

◇

季節巡って、四月。

現在地、ディスティニーランド、プリンセス城付近。桜がちらほらと咲き出していた。

目の前の人生をどうにか生きているうちに、気付けば語学研修の夏休みから八ヶ月あまりが経とうとしていた。

「葉ちゃーん！　場所取りセンキュー。はい、カフェオレでいいっしょ？」

「はいはい」

「やったー、マニーちゃんのベスポジだぜ！」

地べたに腰を下ろして、頭上でパチパチと手を叩いたパリピの肘に額を殴られた。

「痛って！」

「あらゴメン」

パリピの名は青山和泉。晴れてこの春から大手銀行の本社で正社員として勤める運びとなった。大学四年の夏休み、葉二がロサンゼルスに遊び…もとい、語学研修に行って人生史上もっとも後味の悪い思い出を作っている間に、インターンで着実に実績を残した本物の就活エリートである。

「もー……つーか何、ベスポジって」

「は？　ベストポジションの略に決まってんだろ。お前留学したんじゃないのかよ」

「ソレもはや英語関係ねーじゃん」

「そっかあ？」

無邪気に首を傾げながら、和泉は葉二との会話などまるでどうでも良さそうに、一眼レフの手入れをしていた。就職祝いに年上の彼女に買ってもらったという新品の望遠レンズを装備している。どうでもいいが、ファンの間では『バズーカ』という通称があるらしい。

「ていうか、ここじゃないとダメなの？　俺落ち着かないんだけど」

「バカ」

「バカ⁉」

「何のためにこんなショーパレの気配すらない時間から場所取ると思ってる？　ここしかないからに決まってんだろ」

　だからお前はダメなんだ、とでも言わんばかりの顔で和泉は見下してきた。いわれなき蔑みを受けて、葉二はムッとしかめっ面を返した。

「あ。ほら、すーーぐそうやってふくれる」

「いや俺かよ」

　冒頭でパリピ呼ばわりしたのはさすがに大げさだったが、和泉は、ポーズだけのアッパーキャラである葉二とは違って、筋金入りのアッパーである。いわば本物の「陽キャ」である和泉に、葉二はおおむねあらゆるシーンで流され、巻き込まれていた。たまたま大学の二年目から入ったゼミが同じだっただけなのに、腐れ縁がずっと続いている。わりとディープなディスティニーランドのオタクであるということは、ゼミでは有名な話だった。

「くそド素人の葉ちゃんのために説明しておくけど…」

　と、失敬極まりない前置きをして、和泉は勝手に語り出した。

「このプリンセス城前、桜の舞う一年に一瞬しかない季節、イースターの衣装を着た一年でもっとも可愛いマニーちゃんを写真に収めるわけ。そのためには、プリンセス城前のパレードルート付近、このワールドバザール側からプリンセス城に向けてカメラを向けるのがベストなんだ。桜とパレードとプリンセス城という奇跡の絵を――」

話を九割聞き流しながら、葉二はぼーっとして和泉の顔を眺めた。コロコロ髪型の変わる男だが、今はまた初めて見る、根元のくっきりと立った七三分けになっている。中身がコレのわりに、清潔感のある誠実そうな顔立ちをしているので見た目で得をしていると思う。どんな髪型でも似合うらしい。早く髪染めてーなと就活の頃からずっと言っているが、銀行マンが茶髪というのはＯＫなんだろうか。

「プリンセス城付近の桜はソメイヨシノだから四月が見頃でさあ、だからちょっと早いっちゃ早いんだけどね。パーティータウンとか海側にあるのは三月に咲く桜なのヨ」

今日も、就職祝いにパーッと遊びにいこ！　という電話で朝から叩き起こされ、入社式前日という、本来なら絶対に休みたい日曜日に、こんなところまで連行されたのだ。おまけに、まだ風が強くて肌寒い春の、刷毛（はけ）で薄雲を引いたような低い空の下、パレード待ちで一時間以上地べたに座らされている。

パーッと遊ぶ、の概念が俺とお前では随分違うらしいな。と思ったが、不毛な会話になりそうだったので、葉二は口を開くのをやめた。

「ちなみに海側の方だとね……って、葉ちゃん、聞いてる？」

「え。聞いてねーけど」

「オイ！」

「いて」

葉二のつむじにチョップを落としてきた和泉は、それから「はーあ」と大きくため息をついて、気を取り直したように家宝の一眼レフを抱え直した。

「あのねえ。まー、葉ちゃんの気持ちは分かるよ、そりゃあ……」

同情のような呆れのような顔で、コテンと葉二の顔を覗き込んでくる。うるへえ、と思いながら、葉二はその場で膝を抱えた。

「だってまさか…」

「い、言うな…！」

「ブライダル部門を志望して冠婚葬祭の会社に入ったら、配属がまさかの葬儀部門とは」

「ぎゃーーーー」

葉二は両手で耳を塞いで、頭を左右にぶんぶんと振った。

「ぎゃははは！　子供か！　耳塞いだってしょうがないだろ。なっちゃったもんはなっちゃったんだからさあ。葉ちゃん、お前はこの春から葬儀屋なんだ。潔く腹くくって受け入れろ」

「くくれない…！」

往生際悪く首を振った葉二に、さすがの和泉も眉を下げて呆れ笑いを漏らした。

「お前なー、そうは言ったって、皆が就活してるとき丸々一か月も語学研修なんて行ってたの自分だろ。アメリカで何があったのか知らんけど、帰って来てからもずっと落ち込んでて半分死体みたいだったし…。潤さんとやらと同じ会社に入れただけでも奇跡だね」

一言一句その通りだ。

自分の将来に迷って就活を一度放棄し、アメリカで何か新しい価値観に出会おうとした。だのに、新しい何かに出会うどころか、結局アメリカでも延々と潤一のことで思い悩み続け、慕ってくれた年下の男を引っかけるような真似をし、傷付け、自由になるどころかメンタルブレイク寸前になって帰って来た。

そうして迎えた現実の延長線、潤一と同じ会社にどうにかこうにか内定をもらい、同じ仕事をするという未来の確定ラインに乗った。結局これが俺の欲しかった社会人生活なんだろうな、と自分を納得させようとした矢先のことである。まさかブライダルとは真逆の、葬儀部門に配属が決まってしまった。

ブライダルと葬儀では、それぞれに別の社名を持っているから、大元の会社が同じでももはや別の会社で働いているようなものだ。おまけに新人は最初は必ず店舗配属になるから、潤一と仕事上で会える機会などない。

「そんな可能性があることすらも考えてなかったところが葉ちゃんぽいよなー」

「うぐぅ…」

「潤さんはなんつってんの、葉ちゃんの配属先のこと」

「笑ってた……珍しく…」

「ぶはははは」

「俺と同じ仕事じゃなくてもいいんだ、潤さんは…」

「そりゃそーだろ。だってお前が一方的に追っかけて入っただけなんだし」

「ギャン！」

ド正論パンチをさらりと嫌味なくブチ込んで来るところが、和泉のエリート陽キャたる象徴なのだ。その場のノリで適当にやっているようにしか見えないのに、初めから物事の正解を知っているかのように、余計なことをしない。葉二のように致命的な失敗も犯さなければ、嘘もつかない。適当なことを言ってごまかしたりもしない。だから人望があって、必要なときに必要な手助けが得られ、物事がうまくいく。

和泉みたいな奴は、間違っても「愛嬌だけで世間渡ってるよね」なんてことは絶対に言われないのだ。それが本物の人望である。

「いいなあ、俺、和泉になりたいよ……」

「あら……随分堪えてんのね。葬儀屋さん」

「葬儀屋さんて呼ぶな…」

頭上にドロドロと簾(すだれ)のような闇を落とすと、和泉は苦笑いして、葉二の丸まった背に腕を回した。

「まあねえ、葉ちゃんそういうの苦手だもんな。なんか、人が死ぬとか、泣いてるとか。

大勢の人間が暗い顔してる場所に毎日いるって、葉ちゃん的にはなかなか暗い未来なの、分かるっちゃ分かるよ」

「そう」

「シンクロしやすいんだよな、他人の感情に。葉ちゃんはいい奴だけど、割と繊細だからなー。良くも悪くもいい奴すぎて、人に引きずられがちだよな」

「む…」

「だから俺みたいな奴に、貴重な休日の朝っぱらから、パレード待ちの地蔵に付き合わされたりするんだ」

　葉二の目を覗き込みながらそう言って、和泉はぎゃははと笑いながら葉二の背をばしばし叩いた。

「いだだだ」

「俺がどんなに本気でマニーちゃんの話しても、笑ったり貶したりネタにしないで、へーってずっとアホ面で聞いてくれんの、葉ちゃんだけだし」

「おい」

「だからね俺、葉ちゃんのそういうとこ好きよ。幸せになって欲しいなー、て思う」

「あっそう」

「ふてくされないの。いいじゃん、一回やってみれば。このご時世、新卒で入った会社にずーっと勤めなきゃなんないなんて誰も考えてないよ。社会経験だと思ってさあ。葬祭の知識なんて絶対のちのちの人生に役立つじゃん。お寺とかとも付き合いあるんでしょ」

「あー、うん……」

「んじゃ、勉強したこと俺に教えてよ。俺さー、今付き合ってる彼女、お寺の娘なんだよなあ」

「そっちが本題か」

「ばれたか」

エへ、と和泉は笑って、背を抱いたまま、のしっと体重を預けてきた。本物の人たらしとは、こういうことをするのだ。意識的なのか無意識なのか知らないが、恐ろしい奴。踏ん張って和泉の体重を受け止めながら、葉二はそう思う。

「だって、分かんないよ。マジな話。もしかしたら、仕事上ですんごい出会いがあるかも知んないし、やってみたら思ってたのと全然違うかも知んない。葬儀屋の仕事大好きになるかも知んない。人生、そのときになるまで何が起こるか分かんないもん」

と、太陽神みたいな台詞を吐いた和泉に、葉二は黙ったまま舌を巻いた。まさか葬儀屋としての未来に希望を見出すことはなかろうと思うが、「陽キャ」の極みである太陽神の言うことは、確かに一理も二理もあると思った。

それからしばらく経って、何を待っていたのかも忘れかけてきた頃、プリンセス城の前にイースターのパレードがやってきた。満開にはまだ少し早い桜の花が、それでも春風に吹き付けられてちらほらと舞っている。太陽神の女神であるマニーちゃんが、パステルカラーの春のお花を全身にまとって、遠くの方から手を振っていた。

なんだか現実感のないほど明るい景色に頭がぼーっとなっていると、パーカーのポケットの中でスマートフォンが振動した。

「あ、潤さん」

短いメッセージだった。

『明日入社式？　頑張ってね』

何をどう感じて考えればいいのか分からなくて、葉二はぎゅっと瞼を閉じた。お守りみたいに両手でスマートフォンを握りしめて、「はい」と声に出して返事をした。

きらきらした音楽に揺り起こされるように、瞼をゆっくりと持ち上げる

さっきからやけに静かな和泉の方を見ると、プリンセス城の方に向かって一眼レフのシャッターを切りながら、無言で大泣きしていた。おののきながら見つめていると、葉二の視線に気付いたらしい和泉は、振り返って、ぼろぼろに泣いたままヘラ、と笑った。

「永遠の恋人だあー」

洟を啜って、手のひらで頬っぺたを擦って、まばゆげにパレードに目を向ける。

「俺、マニーちゃんいたらなんも怖くないわ。またここでマニーちゃん見るために何でも頑張れるし、人生の何がどう変わっても、ずっと背筋を伸ばして生きていけるよ」

そうなんだ、と思った。いいなあと思った。

俺には、そんな風に信じられるもの、一つもないかも知れない。潤さんのことばかり考えて、潤さんに合わせて自分を変え、潤さんの存在にばかりしがみついて生きてきたくせに、俺にとっての潤さんは、前に進む勇気をもらったり、あの人の笑顔のために生きようみたいなことを思ったりする存在ではない。

でも、だって、これは信仰じゃなくて恋だから。

恋だから？　じゃあ、恋ってどういうもの？

これが恋じゃなかったら何なんだろう、と思うものの、じゃあ何が恋なんだろうと考えたら、いきなり目の前で道が途切れたような戸惑いを覚えた。自分の気持ちひとつ理解できずにいる途方に暮れた人間には、春の魔法のパレードは、あまりにも彩度が高すぎる。

◇

果たして、和泉の言っていた「仕事上のすんごい出会い」なるものが、予想だにしないほど早くやってきた。

　葉二が配属されたのは競合他社のひしめく新宿区の店舗で、杉並区の半分くらいまでをカバーするエリア配分になっている。先輩に連れられて取引先にあたる寺を一件ずつ訪問していたが、行く寺行く寺、どこも同じような景観に同じような名前で、もうすでに覚えた端から忘れ始めているところだった。

　先輩は常にジト目の陰気なツラを眼鏡の奥で少しだけほころばせて、「寺町通り」と書いた字のごとく、見渡す限り寺ばかりの通りのさなかで振り返った。

「寺と檀家の関係ってのは…意外と浅いんだよな……そもそも日本の寺が葬式ビジネスに力を入れなきゃならなくなったのって…江戸時代のことだから……ほら、日本史でやったろ、禁教令とか、寺請（てらうけ）制度とかって」

「禁……？」

「こらこらこら……ハテナマークを飛ばすな荻原…」

「俺、受験は世界史だったんで…」

「じゃあ今から覚えるんだな……檀家制度ってワードも知らないんじゃ、この業界で仕事なんか何ひとつ出来ないからね……結局のとこ、仏教式の葬儀が圧倒的に多いんだから」

　城西の寺町通りをてくてくと歩きながら、陰気な先輩の陰気な歴史講義を受けるハメになった。

ここ東京二十三区は、歴史的背景に由来してグループ分けされている。城西というのは、江戸城、つまり現在の皇居を中心に見て周りを四分割したとき、西側のエリアにあるのでそういう名前で呼ばれる。新宿区・世田谷区・渋谷区・中野区・杉並区・練馬区の六区が城西にあたり、江戸城の東側にある中央区・台東区・墨田区・江東区、葛飾区、江戸川区の六区などは城東エリアと呼ばれる。そして当然その要領で、城北と城南があるわけだ。東京出身者でない葉二は、会社に入るまでそんな呼び方があることすらも知らなかった。

「それで…禁教令ってのは、江戸幕府を悩ませてたキリシタンを、この国から排除するための法律だったんだな……寺に家を管理させて、人間を監視させるようにした……檀家（だんか）の証明書を発行して、檀家にならない奴は弾圧する……どんな奴も必ず…どこかしらの寺に属さなきゃならなくなって……寺の権力はどんどん強くなってった」

とても陰気臭いデザインの黒縁メガネを陰気臭い仕草で押し上げながら、先輩は葉二を振り返った。葬儀屋って本当にこんな死神みたいな奴ばっかりなのか？

「そうなった次は…何が起こると思う？　はい、荻原くん」

陰気な先輩風を吹かせているが、元メガネ屋の店長からの転職だという先輩は、見るたびに絶妙に異なるデザインのメガネをかけている。まあ、メガネ屋よりも葬儀屋の方がどう見ても水が合っているだろう。

「はい、小澤（おざわ）先輩。腐敗が横行すると思います」

ノってやると、元メガネ屋はにっこりと薄暗い微笑みを浮かべて小さく拍手した。

「さすが荻原……いい大学出てるだけあるね……そうそう、寺院勢は国家をバックにつけて権力が強くなりすぎてしまった。国が寺に葬式をやれ、葬式をやれって圧をかけて、民衆の寺に対する依存をどんどん高めていった……要は、国家ビジネスだったんだな。だから今度は、民衆側から不満が募っていった……」

「なるほど」

「そんなだから、江戸時代から廃仏論てのはあったんだよな……だから倒幕のあと、明治政府が神道を国教化したタイミングで……日本中のお寺が打ちこわしの憂き目に遭った。それが廃仏毀釈というやつだ」

　北風に吹き付けられる破れ宿を連想させるひび割れた声で、しかしやけに嬉しそうに語られながら、葉二はどこか遠い気持ちで道に落ちる木の影を数えていた。

「あーー…なんか、大昔に歴史の教科書で」

「あとでウィキペディアでもググっとくといいよ……まあ、つまり…俺たちの仕事である葬式も、元を辿れば案外、宗教的な意義はめちゃくちゃってことが多いんだ」

　初っ端からやる気をそぐような話をする小澤先輩に、「そんなあ」とげんなりした相槌を返すと、先輩はいくらか人間臭い苦笑いをして、悪かったよ、と頭を掻いた。

「人間のやることなんて、どの時代でもどの場所でもだいたい一緒なんだよ。君が今日巡ってきたお寺さんも、これから行くとこも……政治にさんざん振り回されて、それでもなんとか生き延びて、この時代に、こんな風に残ってる……その意味を考える必要は、あるかもね…」

こういう仕事だし。

と、先輩が呟いたのとほぼ同時に、次の訪問先に辿り着いた。

明善寺、とはみ出しそうな程大きく書かれた木札が、門の柱に打ち付けられていた。

みょうぜんじ、と、葉二は心の中で読み上げた。風に吹かれて、境内(けいだい)の木々がザアと波のような音を立てた。桜が満開だ。風に煽られた桜の枝葉が地面にまだらの影を落として、生きものみたいに形を変えながら揺れている。なんだか胸がざわついた。

「浄土真宗本願寺派、明善寺さん。大事な取引先だから、しっかり挨拶しておくように」

そう言われながら、ほとんど吸い込まれるみたいに境内に足を踏み入れた。右手側に寺務所と庫裏(くり)があり、左側には樹齢が軽く三桁くらい行ってそうな大きな桜の木があった。正面に本堂があり、右奥には二軒さらに建物がある。左の奥からは墓地が広がっているのが少し見えた。先輩の言ったとおり、格式のある寺なんだろう。

まずは寺務所に行って挨拶をしてこなければいけない。

頭の中で自己紹介をイメトレしていると、ちょうど寺務所の影から箒を持った作務衣(さむえ)姿の人が出てきた。

「あっ、挨拶しなきゃ…」

「そう……こういう大きいお寺だと、お坊さんも何人かいたりするからね」

　行こう、と促されて歩き出した瞬間、ザザ、と、もう一度大きくて強い風が吹いた。桜の花びらが吹雪のように目の前を舞って、顔や髪に張り付く。

「ペッペッ…口の中に入った」

　声に出して言った瞬間、作務衣の人がこっちに気付いた。

「あ。どうもお世話になっておりますー、青都典礼の小澤です。今日は新人連れてきておりまして、ご挨拶させて頂ければと…」

　突然、別人のような張りのある営業ボイスに切り替わった小澤先輩の挨拶に、葉二は目をひんむいた。仰天して固まっている葉二をよそに、作務衣の人がおざなりに頭を下げながら、マイペースに歩いて近づいてくる。黒い髪を真ん中で分けた、小綺麗なイケメンのようである。

　あ。なんか、誰かに似て――

「早く挨拶しなさい、荻原」

　その声でようやく葉二の存在に気付いたように、黒髪のイケメン坊主はこっちを見た。

　そして。

「あ、葉二さん」

少し首を傾げて、イケメン坊主は後ろ頭をカシカシと掻いた。

「久しぶり」

目の前にいる人間の存在が信じられずに、葉二は無言のまま二度まばたきをした。

「なんでいるの？」

「………。は⁉」

十秒くらい遅れてようやく「声を出す」という動作に辿り着いた葉二は、とりあえず仰け反って、アワアワと口を抑えた。

「な、な……朝日？」

「うん」

呼ばれたからとりあえず返事をした、という感じの朝日も、事態がうまく飲み込めていない顔のまま、指先で頬っぺたを掻いた。

「え⁉　お前お坊さんだったのかよ⁉」

「え……そうだよ。まあ厳密には住職見習いだけど。俺、実家寺って言わなかったっけ？」

「聞いてねーよ！」

「そうだった…？」

言った気がしてた、と肩を竦めて言った朝日は、それからじわじわと葉二の慌てぶりがおかしくなったのか、含み笑いの顔になった。

「つーか待て、坊さんって頭剃るんじゃないのかよ……！　そのチャラついたヘアスタイルで許されるわけ？」

「久々に再会して聞くことそれ？」

朝日はとうとう噴き出して腹を抱えた。

「葉二さん、葬儀屋のくせに知んねーの。浄土真宗は剃髪要らないんスよ」

「そ、そうなんだ…」

「全然変わってないな葉二さん。葬儀屋になってたのはあまりにも意外だけど」

怒涛の勢いで展開し始めた会話に、すっかり置いてきぼりを食らっていた小澤先輩が、ようやく我に返って話に割って入ってきた。

「え、何。何…？　荻原、明善寺さんと知り合いなのか？」

「エッ…、え、えーーと」

知り合いも何も。まるまる一ヶ月の間、ひとつ屋根の下で過ごしてセックスまでした仲です。

とはまさか言えずに、顔中に変な汗を掻きながら、葉二は「そんな感じです」と極めて小さな声で受け答えた。

「なんだ。それなら先に言いなさい」

「え、あ、はい、すみません…」

目を右往左往させて、葉二があたふたともっていると、小澤先輩の会社用携帯がタイミング良く騒ぎ出してくれた。

「あ。やばい。お客さんから電話だ。ちょっと俺、先に戻ってるな」

「了解です」

「明善寺さん、半端なところですみません。私だけ一足先に失礼します」

営業モードの別人音声のまま、何やらテンパって何度も頭を下げながら去っていく小澤先輩に、朝日は「どうも」と気の抜けた挨拶を返しながら、ひらひら手を振った。

それから妙な沈黙が、数秒。

「まさか…。まさかすぎる…！」

潰れんばかりに目をぎゅっと閉じて、自分の頬っぺたを両手で引っ張りながら、葉二は呻くように言った。

「何が」

「すべてがだよ…！」

言いながら、そろそろと目を開けると、やっぱり夢ではなくて、目の前に寺島朝日が立っていた。

「朝日、『寺島朝日』」

「はい」

「そういやお前、苗字に寺って入ってたな……」

「やっと伏線回収できた感じ？」

「なんでそんな泰然（たいぜん）としてんだよぉーーー」

ウニャウニャと首を振りながら葉二がわめくと、朝日はまた声を出して短く笑って、それから竹箒（たけぼうき）の柄（え）を杖がわりにして両手を重ねた。

「してないすよ。めちゃくちゃびっくりしてるけど」

「けど何」

「それより、また会えて良かった」

「……っ！」

思いがけない言葉が返ってきて、葉二は思わず息が詰まった。

「……す～ぐそういうこと言う、お前」

「そんなことねえよ」

「生臭坊主じゃん」

「誰がだ」

「刺青入ってるヤンキーの坊さんなんて俺聞いたことねーんだけど」

その葉二の言葉にはさすがに思うところがあったのか、朝日も目を逸らしてわずかに口を尖らせた。

「でも俺、葉二さんとの約束守ったよ」

「約束、て…」

何かを確かめるような短い沈黙のあと、少しだけ微笑んで、浅く首を傾げて、朝日は葉二の顔を覗き込んできた。

「俺、いい子にしてた」

「へ…」

「日本に帰ってきてから、誰とも喧嘩してない」

その言葉を聞いた瞬間、ロサンゼルスの夏の一瞬のシーンが、再生ボタンを押したみたいにはっきりと脳裏に蘇(よみがえ)った。

『次、日本で会ったときもずっといい子にしてたら、また撫でてやるから。ね』

確かにそう言ったのだった。酒で良い気分になって、無遠慮に朝日の頭をなでくり回して、ご機嫌に笑いながら。

『いい子にしとくよ』

そうだ。あのあと、あんなことがあっても、別れ際に朝日はそう言ったのだった。

首から上にカーッと血が昇ってきて、顔が真っ赤になるのが分かった。あんな風になってしまったから、もう二度と会えないと思っていた。でも、朝日は本当にもう一度、葉二に会えるつもりでいたのだ。

「つーか、葉二さん、めちゃくちゃ花びらついてる、色んなとこ」

そう言って、あまりにも自然な仕草で、朝日が顔に手を伸ばしてきた。

指の背が前髪をくぐって、一度額を撫でるような動きをしたあと、指先が髪の中にもぐってきた。ツ、と爪の先が頭皮を掠めて、くすぐったさで身をよじりそうになる。髪の根元から毛先まで、手櫛で梳くように何度か掻き回されて、なんだか妙な心地よさに、頭の芯がぼーっとした。

「ヤったときも思ったけど、柔らかい髪。猫っ毛って言うでしょ、こういうの」

「ヤ…！　お前…！」

デカい声で言うなよ！　と、目を白黒させながら慌てて朝日の口を手のひらで塞ぐ。と、朝日は驚いたのか大きくまばたきをして、子猫でも捕まえるみたいに、葉二のシャツの首根っこを後ろから掴んだ。

「葉二さんの方が声でかい」

「う…！」

「でもまあいいよ。捕まえた」

「人を動物みたいにさあ…」

「はは」

眉をへなへなと下げて葉二が肩を落とすと、朝日は手を放して、そのまま肩や背中についていた桜の花びらを払ってくれた。優しい、と思った。

ていうか、こんなに笑う奴だったかな。

アメリカで一緒にいたとき、朝日はもう少しぶっきらぼうだったし、口数も少なかった気がする。そしてこれは気のせいじゃなくて、歯を出して笑った顔を初めて見た。ちゃんと笑うと、思いのほか幼い顔つきになる。

もう一回笑ってくれないかな。と、反射的に思ってしまってから、自分で自分に驚いて目を見開いた。

（あれ。なんか俺、どうしよう）

さっきまでとは違う種類の、もっとずるくて重くて甘ったるい動揺が、腹の底でぐらぐらと湧き始めているのを感じた。

もう一度、目の前に起こっている出来事を確かめようとして、葉二は大きく息を吐いて顔を上げた。

「俺、葉二さんに会いたかったよ」

生き物みたいに風に揺れる桜の波を背に、見慣れない和服を着たワケありの男が、恨みもつらみも哀しみも、何ひとつ知らないような微笑みを浮かべて立っていた。

また会えて嬉しいと、葉二をまっすぐに見て言った。

その顔を見て、直感的に、あまりにもまずい再会を果たしてしまったと思った。

◇

潤さんは、才能人である。

人が努力してようやく体得したことを、見よう見まねでやってそのまま自分の技術にして、プラスアルファの出来にしてしまうようなところがある。そういう人は、よっぽど人付き合いを工夫しない限り、大体どこに行っても人間関係で苦労する。彼が予備校にも行かずに都内の有名美大に現役で受かったとき、根も葉もないことを吹聴(ふいちょう)した奴も何人かいたのを葉二は知っていた。

出会った頃、高校生の潤一は、やっぱり美術部でも少し浮いた存在だった。大体どんなことでも出来るくせに、友達を作るのだけはなぜかどうしても下手。それが、高校時代の葉二にとっては、唯一にして最大の付け入る隙だった。

久々に顔を見た潤一は少し痩せたような気がするが、特に疲れているようには見えなかったので、ホッとする。

数年ぶりの感動の再会のような気分でいたものの、潤一の方は会った瞬間からまるで昨日の続きみたいな調子だった。

「潤さんがブライダルコーディネーターなんてしてるの、やっぱめちゃくちゃ意外なんですよね俺…」

ほとんど無意識に言った葉二の言葉に、潤一は肉の山に伸ばしかけていた箸を止めた。

「どういう意味？」

あ、機嫌損ねたかな、と思ったが、別にそういうわけではないようだった。聞いたあと、葉二の答えを待たずして、薄切りの豚肉を剥がす作業に戻った。

本日の豚しゃぶは葉二のリクエストである。潤一は細いわりに偏食というわけではないようで、何かを食べに行くとき、特に自分の希望を出すこともなかったが、葉二のチョイスにノーを言ったこともなかった。

取り分け皿の中の、薄まってきたごまだれを箸の先で掻き混ぜながら葉二は言った。

「だって、潤さんの仕事って、ひたすら無数の人間と会って話すじゃないですか」

コミュニケーションを面倒臭がらずにやってるの意外、と意識してハッキリ言うと、潤一は少し考えた後で、「確かに」と頷いた。

よかった。今日は機嫌がいいみたいだ。葉二が就職してからちゃんと会うのは二度目である。前回は、潤一の仕事が忙しいタイミングで約束を入れてしまったせいで、やはりどことなくピリピリしていて、まあまあ辛い目を見た。

「葉二の言う通り、俺はコミュ障だけど」

「ンなこと言ってないですけど…」

「要はそういう意味だろ」

とかいう言い方をするから、すぐ人に誤解されるのだ。そういう言い回しに悪意があるわけではないことを知っているので、高校の頃のようにいちいち怯(ひる)むことはもはやなくなったけれど。

苦笑いした葉二を、長い前髪のすき間からちらりと見て、潤一は言った。

「おともだちづくりの会話と、仕事の会話は全然違うから。別に」

授業を聞いてノートを取るとか、デッサンを練習してキャンバスに描くとか、そういうのと別に変らない。と、潤一は自分の仕事のことを前からそう言っていた。

「お客さんのカウンセリングをして、そこで聞いた新郎新婦の要望をくみ取って、ウエディングスタイルの提案をして、式の内容を決めて、会場を案内する」

淡々と言う潤一は、葉二が同期のブライダル部門の人間に慎重に根回しして聞き出したところによれば、若手ながらかなり実績のいいコーディネーターのようだ。邪推だが、たぶん要領の良さだとかセンスの問題の前に、潤一はこの容姿と物腰で得をしている。細身で色白の美形で、さらさらの黒髪は清潔感があり、営業っぽい自我を出してこず、適度に客に興味がないところは女性の興味を引きつつ男性を安心させ、仕事は確実にやってくれそうな安心感がある。何よりも、結婚式場という場所に、潤一の華がありつつ涼やかな雰囲気はものすごくよく似合っていそうに思える。

「はーあ…」

色んな感情のこもったため息をつくと、潤一は首を傾げて葉二を見た。

「何?」

「俺も潤さんと同じ仕事がしたかったな……」

「葉二が他人の結婚にそんなに興味があると思ってなかった」

「いや、結婚ていうか…」

「ていうか?」

その先をすんなりと言葉に変換することができずに、葉二は一度自分の手元に視線を落とした。

「別にブライダルに限らなくても良かったんですけど。なんていうか……華やかであったかそうで、みんなが嬉しそうで、物理的にも空気的にも明るい場所……。俺、そういうところで生きていきたい……」

そして、何よりも、同じ仕事をしていれば、ずっと潤さんと縁が切れずにいられる。

葉二が口に出さなかった最後の一言が届いたかどうかは分からないが、潤一は肉を咀嚼しながら、じっと観察するような目で葉二を見た。

「俺は別にブライダルじゃなくてもいい。別にこだわってないし」

「え…」

「結婚式だろうが、葬式だろうが、シーンが違うだけでやることは同じだし…。お客さんの話聞いて、選択肢出して、内容決めて案内する」

澄んだ水に、ぽつんぽつんと絵の具を落としていくような。

無音の真っ白な空間で、音階をひとつずつ辿っていくような。

脳裏をよぎるイメージに、一瞬だけ意識がトリップする。潤一のそういう話し方を聞いていると、まるで何もかも、潤一の言うことが世界の真実みたいに聞こえてしまう。そわそわと焦って、葉二はあえて腑に落ちない顔を作って聞き返した。

「そうかなあ」

「そうだよ。ていうか、結婚式を組むって、たぶんお前の思ってるほど明るい仕事じゃないし。色んな人の色んな思惑があって、衝突があって、打算と駆け引きがあって、最終的にあるのは大概納得よりも妥協と折り合いだ。結婚だって葬式だって、人間が人間のためにやる仕事である以上、そういうものからは絶対に逃れられない」

「………」

思ったよりも客観的なことを言われて、葉二はポカンとした顔のまま押し黙った。

「そんな…俺、もう少し葬儀部門で頑張ったら、ブライダルに異動希望を出したいと…」

「そうなのか?」

「そうですよ！　俺、潤さんと同じとこで働きたいって何回も言ってるのに」

「あー、そうか」

淡々とした調子のまま、ようやく腑に落ちたように頷かれて、葉二は思わずがっくりと肩を落とした。

「はあ……」

いや、うん。そうだ。こういうのが潤さんだった。これで合ってるわ。

そう思って、半ば諦め、半ばおかしくなって、ナハハ…と乾いた笑いが漏れた。

「葉二、お前ってほんと感情顔に出るな」

「誰のせいだと…」

「昔から変わってない。表情が豊かで、よく笑ってよく落ち込んで、猫っぽい大きい目がよく動いて、ずっとそのフワッフワの髪の毛」

「え？　ええ、ええと…」

褒められているのかけなされているのかと考えて一瞬混乱したが、たぶんどっちのつもりもなくて、ただ思ったことを言われたのだろうと思い定めた。

「ええ、よく言われます（落ち着きがないと）」

咳払いをして言った葉二に、潤一は少し目を細めて笑ったような顔をした。

「うん。そういうところは、可愛いなと思うときがある」

「ありが……、は？」

思わず肩が跳ね、箸を取り落とした。もう一回言ってくれないかな、と思って潤一の顔をまじまじ見ると、潤一はすでに今しがたの会話なんて忘れたような顔をして、コップの水を飲んでいた。

「ていうか食べないの？　さっきから」

「あ、はい。食べます……」

それから、集中出来ないまま無言で薄い肉を拾い、傍らのスマートフォンに気を取られている潤一を盗み見た。綺麗だな、と思う。その視界を邪魔したくないと思うほど、完璧に閉じた世界。鏡みたいな落ち着いた水面。そういう瞳。高校生のとき、どうにかその世界に踏み込みたくて仕方がなかった。でも今は、どうか俺には気付かないで、ずっとここから見させてくれ、と思う。いつのまにかそういう気持ちを抱いていたことに、今さらになって気が付いた。

ふいに、潤一が顔を上げて喫煙席の方を見た。

視線の先を辿ると、明るい金髪の同い年くらいの男が、唇の先で煙草を弄びながら笑い声を立てていた。だんだん、こういうことが増えた。煙草に何かの執着があるんだろうか。この頃、潤一は煙草を吸っている人間が通ると、たぶん自分では気付いていないのだろうが、よく目で追っている。

あーあ。

誰も、何も、潤さんの世界に入らないでくれよ。

乾いて割れるような寂しさに耐えかねて、葉二は意識的に潤一から目を逸らした。

◇

「葬式」と聞いて思い浮かぶイメージって、何？

暗い、金がかかる、各所のしがらみ、遠い親戚、遠い場所、忙しい。大概の人の心をよぎるのはそんなところだろう。葬儀屋としてとりあえず働いている葉二の中のイメージだって大体そんなものだ。時間と金と労力を割かないといけない、面倒くさいもの。大変手のかかること。そして、そのイメージはどれも外れていない。よっぽど大事な人との別れでもなければ、できれば行かずに済ませたい、というのが本音のはずだ。

だから、このご時世、そういう手間はどんどん省略されてゆくのは必然である。。見渡せば、どこの葬儀社も「小さなご葬儀」を打ち出していて、家族葬プランがもっぱら市民権を得ている。家のメンツに掛けて豪勢な仏壇を準備したり、故人をできるだけ盛大に見送るのが礼儀の表明だった時代はもう過去だ。

悪いことじゃない。みんなみんな、生きるだけでも精一杯のこの忙しい現代社会を、一生懸命に折り合いをつけながら生きている。

「だからね。昨今の葬儀屋てのは、もう葬儀だけでは食っていけないわけ」

朝日が通してくれた応接室は天井の高い和室で、薄型の大きなテレビがあり、床の間には値段の想像もつかない大きな龍の彫り物が置いてあった。

屋久杉と見える低い机がいくつか並んでいて、その一番隅の座布団の上に、葉二は勝手にあぐらを掻いて座った。

「ふーん。だから仏具屋も兼ねてんの」

「そうだよ。仏壇も位牌も売るしお墓の紹介だってやる」

「『死』にまつわる何でも屋」

最悪な言い回しをしながら、朝日は饅頭のてんこ盛りになった皿を持って来てくれた。

今日は仕事のため、朝日は袈裟を着ている。黒い袈裟が異常によく似合っていた。美形は何を着ても似合うとかいうレベルではなく、なんか色気すらある、と葉二は葬儀屋として最低な感想を抱いた。こんなしゃらくさい髪型をしていても、背中一面に薬師如来の刺青が入っていると知っていても、袈裟姿を見るとちゃんと住職に見える。

「お茶ペットボトルでいい？」

「あら朝ピ、気が利くわね」

「その変な呼び方いい加減やめて」

言いながらも、眉一つ動かさずにお茶を突き出してくるところを見ると、もはやあだ名については半ば諦めているのかも知れない。葉二としては、己に関するあらかたのことに関してどうでも良さそうな顔をしている朝日が、呼び方についてだけは嫌そうな顔をするのが気に入って、あえて呼び続けている。

「てわけで、はい」

持ってきた紙袋の中から、葉二は頼まれていた位牌を箱ごと取り出した。桐の箱に入った位牌は見た目よりも重たい。葉二の初仕事で請け負った代物だ。今日は、葉二の顧客の四十九日の法要(ほうよう)で、納骨に合わせて位牌にお経上げをする。そのお経上げを朝日に頼むことになったわけだ。葬儀屋としての初仕事が朝日の実家とは。偶然の成り行きには違いないが、なんだか目に見えない力の導きのような気がして、葉二は落ち着かなかった。

神妙に向かい合い、生唾を飲み込みながらもったいぶって蓋を開けると、一緒に持ってきたフェルト生地の下敷きの上に、朝日の方に向けてそっと横たえた。

「ど…どう?」

「いいんじゃない」

「それだけかよ!」

「それだけも何も、他に何をコメントしろと?」

眠たげに見えるほどくっきりした二重瞼を瞬いて、朝日は困惑の表情で、疑問符を頭上に並べた。

「だ、だってさあ～！　位牌ってこういうもん？　なんかこんな、水色のラメラメだし…ガラスの置物みたいだし…これでいいのかなって…位牌ってもっとなんか、ホラ…黒くて、つやつやしてて、迫力あってさ……」

「ああ。いや、最近はホント色んなのあるよ」

頷きながら、朝日は袈裟の袖を手繰って、机の上に頬杖をついた。

「ていうか、そもそも浄土真宗って位牌作らないんじゃないの？」

げんなりしながら葉二が尋ねると、朝日は頬杖をついたまま、瞳をきょとんと丸くして葉二の顔を見た。

「よく知っててんじゃないすか」

「新人研修のテキストで勉強した。『浄土真宗では、故人は亡くなるとすぐに阿弥陀如来(あみだにょらい)の力によって成仏し、極楽浄土に生まれ変わるものとされています。よって魂が宿る依代としての位牌を作る必要はなく、お盆の供養も本来は必要ありません』」

テキストの丸暗記をそのまま滔々(とうとう)と謳(うた)い上げると、朝日は「おお」と感心して、手をぱちぱちと叩いた。

「葬儀屋が育ってる」

「だけどテキストで読んだのと全然違うんだもん、わけ分からん」

「まあね。うちと同じ宗派でも、厳しい寺は位牌は作っちゃいけないとか仏像はＮＧとか色々徹底してるとこもあるよ。でもまあ、現実問題、このご時世あんまり無駄に厳しく取り締まると嫌われて離壇されちゃうからな。作りたければ作っていいよってスタンスのとこが多い」

「お寺も江戸時代の権勢はもう失ってんのねえ」

「そらそーだ。どこも金ねーもん、築地本願寺だって金策に必死でこの頃メディアに出まくってるし」

朝日は大した興味もなさそうに言って、葉二の持ってきたきらきら位牌を桐箱の中に納め、脇に寄せた。その手で饅頭の山のてっぺんの一つを掴む。

「まあ、俺は本来そういう感じでいいと思うけど……結局は生きてる人間のためのものじゃん。盛大に葬式した方がスッキリするならそうすればいいし、位牌があった方がなぐさめになるなら作った方がいい。うちってそういうイージーな宗派だし」

食べれば、と勧められて、葉二も山の一つを手に取った。薄茶色い、もちもちした食感の不思議なお菓子だった。

「うめー、何これ」

「阿闍梨餅(あじゃりもち)」

「は？　あじゃり？」

「知んないの、京都銘菓（めいか）だよ。京都の仏具屋が持ってきた差し入れ」

「ふーん……」

かじった餅の断面を見ると、薄い皮の中につぶあんがみっちりと詰まっている。片手にお菓子を齧る傍ら、行儀悪くもう片手でスマートフォンを手繰り寄せる。検索すると「阿闍梨餅の円盤状の形は、比叡山で修行する阿闍梨（高僧の意）の網代笠（あじろがさ）を模したもの」と出てきた。

「ていうか、案外真面目に仕事してんすね、葉二さん。偉いじゃん、ちゃんと勉強してて」

「あ？　だってお前のことはちゃんと知りたいもん俺」

阿闍梨餅本舗のホームページを熟読しながら答えると、向かいに座った朝日が、ガタンと音を立ててペットボトルを取り落とした。

「え、何。どうしたの朝日」

「……なんでもない」

澄ました顔で答えた住職見習いは、そっぽを向いたまま残りの阿闍梨餅を皿ごと葉二の方に突き出した。

「あげる、残り」

「は？　全部？」

「うん」

何で、と聞いても答えなかったので、お言葉に甘えて全部貰った。

知っている人間の口からお経が聞こえるというのは不思議な感覚だ。

『我建超世願　必至無上道　斯願不満足　誓不成正覚』

がーごーんちょうせいがーん、から始まるこれは、「重誓偈」という浄土真宗の重要なお経である。ちなみに、朝日が読んだ今のフレーズは、「私は世に超えて優れた願いを立てて必ず悟りを極めよう、もしこの願いが果たせないようなら誓って仏などにはならない」という意味だ。葉二の所属している部署では、必ず朝一つお経を読むことになっていて、いつの間にやら般若心経と重誓偈くらいなら意味が分かるようになっていた。

葉二は法要室の外に立って進行を待っていた。本来なら葉二はもう用済みなのだが、今回は法要の実地研修を兼ねて、張り付いているのを許された。

その間ずっと、朝日のことを考えていた。

『我於無量劫　不為大施主　普済諸貧苦　誓不成正覚』

ギョッとするほど美しい黒の法衣を着た朝日が、しずしずと法要室に入っていったとき、気怠い顔をしていた参列者達の空気が一瞬で変わったのが分かった。朝日の動作はとても

静かで、敬意と優しさに満ちていて、参列者達がみんな、朝日のまとった澄んだ空気につられるようにして、自然と首を垂れた。

『我至成仏道　名声超十方　究竟靡所聞　誓不成正覚』

底の方まで柔らかく澄んで温かい、不思議な声をしていた。

袈裟まで憎い生臭坊主の尻尾はもちろん、アメリカでゴミ箱のすき間にボロ切れのように挟まっていた、あの喧嘩っ早いヤンキーの影などどこにもなかった。

『離欲深正念　浄慧修梵行　志求無上道　為諸天人師』

法要を取り仕切るお坊さんとしての朝日は、知らない人間みたいだった。アメリカで出会ったヤンキー。葉二の過ちを受け入れた一人の浮気相手。いじらしく約束を守っていた素直な年下の男。仕事相手として再会したマイペースな寺の息子。そのどれとも、この朝日の姿はまるで結びつかなかった。なんて美しいんだろうと思った。人を威圧し、沈黙させ従属させる類いの高みから押し付けるような美しさではなくて、無条件に人の心を融解し、許し、泣かせるような温かさがあった。

『神力演大光　普照無際土　消除三垢冥　広済衆厄難』

そのフレーズを朝日が読んだとき、初めてちゃんと文章の意味が頭に入ってきた。

無限の世界をあまねく照らし、三垢の暗闇を取り除いて、広く衆人を厄難から救おう。

この声でこんな風に読んでもらったら、本当にちゃんと救ってもらえそうな感じがする。

なあ、朝日。

お前っていったい誰なの。どれがほんとの朝日なの。

人間が好きじゃないなんて本当なの。家業がどうでもいいって本気なの。それならこんなに真面目に仕事をしてる心境って何なの。

だって、せっかく慕ってくれた俺とあんなことになって、さらに人間にガッカリしたんじゃないの。俺はまだちゃんと謝れてもいないのに。なんで俺とのあんな些細な約束守ってたの。なんで笑ってくれるの。優しくしてくれるの。

俺は、もうすでに、心の中がめちゃくちゃなんだ。

◇

長引いた梅雨が明けた途端、唐突に夏が始まった。

すぐに辞めるか異動のチャンスを待つか、ずるずると迷っている間に、一瞬で丸三か月も経ってしまった。

「ていうか葉ちゃん、辞めるタイミングはもうすでに逃してると思うけど」

ディスティニーランドの夏イベントで、船に乗って現れるジャック・スパーキーに水をぶっかけられる準備を万端にした和泉が、半笑いに振り返って言った。

「ぬ……」

例によってディスティニーランドオタクの本山参拝に付き合わされている。東京駅の京葉線のホームときたら、なぜこんなにもダンジョンじみた遠さなのだろう。毎回飽きずに思うが、普通に一駅分くらい歩かされているのではないか。

すごい湿気と人口密度だ。葉二の仕事は基本的に土日がいちばん忙しいから、大体休みは平日だ。久々に土曜日の東京駅を行き交う人間の数を見て、この国にはこんなに人が生息しているんだな、と初めて日本に来た外国人みたいな気持ちになる。

「てーかさー。葉ちゃん、実はちょっとやりたいんじゃないのー葬式。辞めたかったら即行やめてるでしょ、葉ちゃんの性格からして」

「え……どういう意味」

「なんか葉ちゃんて口ではあーだこーだ言いつつ、結局自分の心に逆らえないつーか……安パイ主義に見えるのに、たまに周りがびっくりするような行動とったりすることあるしさあ…」

「例えば？」

眉をひそめて聞くと、和泉は葉二と同じような表情をして、「いっぱいあるよ」と言った。

「せっかく決まってたインターン蹴って、突然語学研修に行ったり」

「え。だ、だってあんときは…」

「だってじゃないでしょ。もしもあのインターン行ってりゃ、件の潤さんとやらと同じ部署で働けてたんじゃないのー」

　それはその通りだった。でも、このままでいいのかと思いながら就職活動に乗り出すのがどうしても無理だったのだから仕方ない。

「あと、留学行った先でわけ分からんゴロツキを拾う。わけ分からんまま部屋に住まわす。その上なぜか、日本で就職したあと再会する」

「あーー…。それは、まあ」

　和泉には、体の関係をもってしまったことだけ伏せて朝日のことを話してある。腹を抱えて笑ったあと、勝手に「イケメン坊主」とあだ名をつけた。

「この際だからハッキリ言うけど、葉ちゃんがまだ葬儀屋辞めてないのって、ぶっちゃけ朝ピがいるからだろ」

「な……！」

「てゆかほんと、イケメンで元ヤンで英語がペラペラの年下のお坊さんて一体何？　設定盛りすぎだろ」

「それは俺じゃなくて朝日に言って！」

　和泉は朝日の話題がたいそうお気に入りで、実物を見たこともないくせに、葉二と会うたびに朝日のことを聞いてくる。

地下のダンジョンにでも続いていそうな長いエスカレーターを下りながら、和泉は目をきらきらさせて言った。

「ねーねー、今度イケメン坊主も舞浜に連れてこーぜ」

「朝日、ディスティニーランドとか絶対興味ないと思うけど…」

「分かんないじゃん、案外ハマるかもよ?」

「はいはい」

適当に受け流しながら、葉二は今ごろ朝日は何してんのかな、と考えた。こんな早朝でも、お寺の朝は一般人よりずっと早いから、もう起きてはいるだろう。今思えば、アメリカで一緒に過ごしていたとき、いつも朝日がやたらと早起きだったのは、生まれ育ちによる習慣だったのだ。あのとき、もう少しちゃんと朝日の話を聞いていれば良かった。そうしたら今、朝日についてこんなに不思議だらけにはなっていなかったかもしれない。

「でさー。あっ、ちょっと、葉ちゃん聞いてる?」

「へ? あ、ごめん。聞いてない」

「ひでー。俺、一生懸命葉ちゃんのこと話してたのに」

危ない。ここ最近、気付くとエンドレスで朝日のことばかり考えてしまう。そのくせ、会うときは本当にアメリカでの荒れようなんて嘘だったみたいに朝日はのほほんとしていて、本当に同じ人間なのかという疑問ばかりが胸を渦巻く。

潤一が二週間に渡って音信不通になっていることよりも、今の葉二にとってはこちらの方が気がかりなトピックと言ってよかった。高校以来、潤一よりも重要だったテーマなんてあった試しがなかったから、こんなことになっている自分に、葉二自身がいちばん驚いていた。

「だからさ、俺、案外葉ちゃんは葬儀屋さん向いてるんじゃないかなって思ってたわけ」

「は？」

唐突に思いがけないことを言われて、葉二はエスカレーターを降りる瞬間、躓いて転びそうになった。

「いや、ほら。最初は葬式とか葉ちゃんがもっとも苦手そうなシーンなのに、と思ってウケてたわけだけど」

「ウケるな」

「でもさ、葉ちゃんってすげー人間すきじゃん」

電光掲示板を見上げながら当然のように言った和泉の言葉が腑に落ちなくて、葉二は頭上にポップな字体の「?」を浮かべた。

「人が好き、ていうか、優しいっていうか。人と付き合うとき、その人のすごく近いところまで行く才能あんだよ、葉ちゃんて。気付くと初めからそこにいたみたいに生活圏に存在してるっていうか」

「え……そんなこと初めて言われたけど」

「みんな気付かんからねー。お前があまりにも自然に近くにいるから」

にへ、と歯を出して笑った和泉の顔はあまりにも屈託がなくて、否定のコメントを入れる隙がなかった。

「俺思うんだけどね。そういう、人のそばに自然に寄り添ったり、共感したりする才能ってさ、結婚式みたいな、初めから当たり前にみんなが笑顔でいるシーンよりも、悲しんでる人とか、割り切れないことを抱えてる人のいるシーンでこそ発揮されるんじゃない？」

葉ちゃんて、たぶん他人の苦しみとか痛みを癒すのが上手だよ。

と、今度は少し真顔になって、和泉は葉二の目を見て言った。数年来の腐れ縁関係に初めてそんな風に人格を評価されて葉二は何を答えればいいのか分からなくなった。

「そ、そうかなあ…？」

「そうだよ。だって俺も――」

和泉が何か大事そうなことを言ったのと同時に、ちょうど舞浜行きの電車がホームに滑り込んでくる。言葉の先が電車の音にかき消されて聞こえなかった。

「待って和泉。聞こえなかった、何？」

「や、まあいいよ。その話はまた今度な」

言い出しておきながら勝手に話を切り上げて、和泉はルンルンで電車に乗り込んだ。

「葬式の仕事、案外嫌じゃないんだろ。だったら素直にもうちょっとやってみればいいじゃん、朝日くんと一緒に」

なんだか無理やり本題に戻して結論を念押ししてきたが、さすがに短い付き合いではないので、葉二だってある程度知っている。こういうときの和泉は、ちょっと照れているのをごまかしている。どんなときも要領がいいくせに、案外そういう分かりやすい人間らしさがあるところを、葉二は率直に好いていた。

「さーっ、ジャック・スパーキーにぶっかけられに行くぜーっ」

「語弊しかない言い方すんな！」

ところ変わって、なんと京都に来ている。

ガタガタとトラックの荷台に揺られながら、比叡山の山道を登ってゆくところだった。

「な〜〜朝日〜、こういうのってダメなんじゃないの？」

「こういうのって？」

「だってほら、トトロの映画でもさあ、序盤でさつきとメイが軽トラの荷台に乗っておまわりさんから隠れてたじゃん」

「ああ。そーゆーこと」

荷台の縁に肘を掛けながら、朝日は悠然とコーラを飲んでいた。袈裟を着た坊さんが、山道を走るトラックの荷台に我が物顔で座ってコーラを飲んでいる。傍から見たら相当におかしな光景のはずである。

「なんか、荷台に載せた荷物を監視するためならいいらしいよ」

「荷物載ってねーじゃん……！」

「今から載せるから。グレーだろ」

「いやブラックだろ」

どろどろと簾を下ろしたように青ざめながら葉二が言うと、朝日はあからさまに鬱陶しそうな顔をして前髪を掻き上げた。

「こんな山道のどこに警察がいるんだよ。意外と心配性なんだな葉二さんって」

「なにぃ……！　だ…だって俺会社員だもん、お前と違って」

もし警察に捕まったら会社に報告行っちゃうんだよ、と、口をへの字にして葉二が言うと、朝日はかったるそうにペットボトルの蓋を閉めてから、荷台の上でキョロキョロそわそわと落ち着かない葉二の首根っこを捕まえて、自分の横にステイさせた。

「はいはい。そんじゃ、もし警察に捕まったら俺が隠してあげるから安心して」

ぽんぽん、とぐずる子供でも宥めるような仕草で背を撫でられて、おかしいのは俺か？

と、葉二は静かに混乱した。

　そもそもなぜこんな状況になっているかというと、朝日のおつかいに、葉二が業界の勉強という名目で（旅行気分で）ついてきたからだ。

「ほんとにお前んちの檀家がこんなとこに住んでんの？」

「浄土真宗は檀家じゃなくて門徒。お客さんの前で間違えると怒られるよソレ」

「あ、ハイ。失礼しました」

「うん」

　トラックを運転しているのは、どう見ても堅気には見えないルックをしたスキンヘッドのお兄さん二人で、両名とも背中から手首にかけて見事な彫り物が入っていた。二人とも葉二や朝日より一回りくらい年上に見えたが、朝日に対して敬語を遣い、任侠の空気が漂う、腰の入ったお辞儀をしていた。どういうわけなのかはあえて尋ねなかった。

「ていうか、ここ比叡山だよな？　比叡山って延暦寺じゃん。そんで延暦寺はたしか天台宗だろ？」

「おー、葬儀屋の勉強進んでんスね」

「茶化すな。ていうかさ、お前のその、たまーに思い出したときにとって付けたような敬語にすんのやめてくれる？」

「なんで？」

「え、なんでっていうか……敬語使われるとちょっと寂しいってゆーか……」

口の中で噛み潰すようにゴニョゴニョ言うと、朝日はぎょっとしたような目で葉二を横目に見た。

「何その顔」

「いや。まあいいよ、分かった」

心の隅で、なんで俺がお願いしたみたいな感じになってるんだろう、と思いながらも、もういちいちツッコむのも面倒臭いからいいやと思った。

「葉二さんの言うとおり、この辺に住んでる人らは大体延暦寺の檀家なんだけど、京都は西本願寺のお膝元でもあるから、ふつーにうちの宗派の人もいっぱいいるよ。引っ越しとかでなんか色々あんだよ。今日は親父の付き合いで色々物回収しに行くだけ」

「親父さんなんで自分でいかねーの」

「知らん。仕事じゃないから女となんかあんだろ」

「……まだそんな感じなの？」

「まだも何も、ずっとそんな感じだよウチは」

押し黙った葉二を、朝日は観察するような顔で見つめた。

「葉二さんもそんな顔すんだよな」

「はあ？」

「ンな怒んないでよ。ほんとアンタ、この話題になると機嫌悪くなるな」

そりゃそうだろ、と反射的に思ったが、何が「そりゃそう」なのかよく分からないことに思い至って、口に出すのはいったんやめた。

「まあいいじゃん。葉二さん京都来たかったんでしょ」

「え…うん、まあ」

「もうすぐ飯屋いっぱいあるとこ着くから、機嫌直して」

まるであやすようにそんなことを言われて、何やらちょっと腑に落ちないまま、漠然と恥ずかしくなった。

絶対に京都ではニシン蕎麦が食べたいと主張した葉二のわがままを聞いて、朝日が比叡山の有名な蕎麦屋に連れてきてくれた。ニシン蕎麦なんてそんな美味しいもんでもないと思うけど、という朝日は、しかし葉二のミーハー心をすこぶるよく理解してくれている。

アメリカにいるときは毎日同じ部屋で過ごして、毎日のように一緒に物を食べたり勉強したりしていたのに、再会してから、こうして朝日と向かい合っているとなんだか妙にソワソワする。

「なあ、朝日。なんか不思議じゃない？　前は毎日こんな風に一緒にいたなんてちょっと嘘みたいな気がする」

「そう？　なんで？」

本当にニシン蕎麦は好きではないらしく、自分は鴨だし蕎麦を頼んだ朝日は、割り箸を器用に片手で割りながら聞き返してきた。

「だってアメリカにいたときは一緒にいるのが当たり前だったけど、今は…わざわざ約束して日程合わせて一緒にいようとしないと、こうやって一緒に飯も食えない」

「あー…」

「だからかなあ、なんかこうやってお前とテーブル挟んでるの、わりと嬉しいし、何故か一瞬だけ緊張した」

蕎麦の上に横たわったニシンの身を箸先で崩しながら言うと、ふいに朝日が黙り込んだので、葉二は目線だけで朝日の顔を見た。まっすぐに目が合う。なんだか、物言いたげな妙な表情で見返されて、葉二は少し緊張した。

「な…何…？」

「葉二さん、自分で何言ってるのか分かってんのかなあと思って」

「え…」

困惑して首を傾げると、朝日も何をどう言っていいか分からないような顔で目を逸らして、頭の後ろを掻いた。淡々と、かつ言いたいことをハッキリ口に出す朝日には、やや珍しい挙動だった。

「あ。そういえば、俺も朝日に言おうと思ってたんだけど」

「何」

「お前、すごい真面目に仕事してて驚いた」

そういうと、朝日はマンガみたいに分かりやすくずっこけた仕草をして、「今さら…」と小声で呟いた。

「え、だって家業のことどうでもいいって散々言ってたし。人間が好きじゃないとも言ってたし。俺思うんだけど、こういう仕事って多少は人間好きじゃないと続かなくない？」

そこまで言ってから、葉二はずるずると蕎麦を啜った。薬味のねぎがいっぱい乗っていて、おいしい。ニシンがどういう魚かすらよく知らないが、とりあえず名物を食べられて満足である。

「だからさあ。葉二さん、俺、春ごろにも言ったと思うけど…」

「ん？」

「約束したじゃん、良い子にしてるからって」

その言葉に、箸の先を口に入れたまま葉二は動きを止めた。

「あれから他人と喧嘩は一度もしてない。誰かを殴るどころか、親父と口喧嘩すらしてないよ。まあ、人に対して、内心コイツぶっ殺してやろうかと思うことはしょっちゅうあるけどね」

さらりとそう言った朝日に心底驚いて、葉二は口の中のものを飲み込むのを忘れたまま、朝日の端正な顔を見つめた。アメリカから帰ってきて、別人みたいに人が変わった、わけじゃなかったのか。

「『次会うときまでに良い子にしてたら』って、俺に言ったのは葉二さんだ」

まさか本当に、俺に褒められるため。それだけのため。

こんな、どこに行ったたってみんなの気を引いてやまない、大体の人間が欲しい物、何だって持ってる綺麗な奴が、なんで。

「ねえ、褒めてくれるでしょ」

葉二さん。

と、低い、どこか甘ったるい感じのする、少しずるい響きをもった声で朝日は言った。頬杖を崩したような仕草で、上目遣い。まばたきもせずに見据えられる。なんらかの意志を試されている、と思った。

「え、お……俺は」

俺は――なんだというんだろう。自分の言い掛けた言葉の先に自分で身構えて、きゅっと唇を引き結ぶ。分かりやすくおろおろと目を泳がせた葉二に、朝日はだらしない頬杖のまま、苦笑いした。

「はは。ゴメン、詰めた。いいよ、早く食べなよ」

それから朝日はいつものどうでも良さげな顔に戻って、鴨だし蕎麦を食う作業を再開した。こんなに行儀よい仕草でこんなに速く物を食える人間を、朝日の他に知らない。


門徒、とは言っても、葉二の知っている寺と檀家の関係とは、少し違う客なのかも知れなかった。朝日はただの親父のおつかいだと言ったが、目的の家が近づくにつれ明らかに口数の減った朝日の顔と、江戸時代の大店みたいな玄関先に迎えに出た主人の雰囲気を見て、さすがの葉二もただならぬ空気を察した。父親ではなくて息子の朝日が来たことにも、何か事情があるのかも知れない。おつかいの先がこんな場所だと知っていたら、こんな適当なTシャツ姿で来たりしなかったのに。このカットの中で自分だけが明らかに浮いているのを自覚して、葉二は脂汗を額に浮かべた。

出てきた和服の老人は、達磨を思わせるぎょろりと張り出た目をまず朝日に向け、それから確認のように葉二の存在を視界に入れた。

「さすがにしっかりしたはるわ」

と、意味深なことを言う。

それから、葉二には分からない会話の応酬を何往復かしたあと、家の奥の方から、同じく和服姿の年齢不詳の女の人が出てきた。風呂敷に包んだ何かの書類と、お布施袋を朝日に見せたあと、風呂敷ごと手渡した。

「子供や思っとったわけやあらしまへんけど、も少しええ商売さしてもらえると思ってましたわあ。見張りまで連れてきて、まあ」

「そりゃどうも。でも、そういう露骨な言い方やめた方がいいですよ」

朝日の物言いに、和服老人の笑みに影が差した。

「まあ、もう時間の問題ですわな。お父さんによろしく」

「はい」

真顔で返事をしたあと、朝日は踵を返してまっすぐに玄関へと向かった。

「朝日！」

何が何やら分からないまま、小走りに朝日の背を追い掛ける。この朝日は知っている。ちょうど一年前、葉二が外国人の同級生にからかわれたのにブチ切れて、公衆の面前でタコ殴りにしたときと同じ顔をしていた。

「朝日！　ちょっと待ってってってば」

陽炎（かげろう）の揺れている、茹だる坂道を駆けて、ようやく朝日の背中に追いついた。手を掴む。珍しく緊張していたのか、呼吸も少し苦しいくらいの湿気の暑さなのに、朝日の手は雪のように冷たかった。

手を掴まれてようやく我に返ったのか、葉二の存在を思い出した、みたいな顔をして、やっと振り返ってくれた。

「あ。ごめん葉二さん」

「なあ、さっきのやりとりって何？　時間の問題って、何が？」

手をぎっちりと掴んだまま急き立てるように聞いた葉二の手を丁寧に外して、朝日は目を逸らした。

「……変なもの見せてごめん。外で待っててもらえばよかった」

「な、なんで？」

「大丈夫、うちの問題だから。葉二さんには関係ないこと」

「そんな」

あっさりと線を引かれて、葉二はショックを受けた。こんなところまで一緒に来て、あのただならないやり取りを見せられて、その上で突き放されてしまった。そういう距離感だとは思っていなかった。今まで、何でも緩く受け入れ、自然に葉二を生活圏に置いてくれていた朝日に、初めて拒絶されたと思った。

「朝日」

「大丈夫。葉二さんがそんな顔するようなことじゃない」

葉二の表情を見てマズいと思ったのか、朝日はらしくない微笑みを浮かべて、立ち尽くしている葉二の背を手のひらで押した。

「行こう。こんなとこ立ってたら熱中症になる」

今日はもう一件行かなきゃいけないから、と、むりやり話題を変えられて、そのままうやむやになってしまった。


比叡山延暦寺は、厳密には京都ではなく滋賀県の住所になる。標高八四八メートルの、なだらかな比叡山全域を境内とする天台宗の総本山だ。

葉二たちは、ふたたびトラックの荷台に載せられてガタゴト山道を揺られている。いつの間にかトラックは何かの大きな折りたたみコンテナを積載していて、葉二たちの収まるスペースはかなり限定されていた。さっきの門徒宅を訪問している間に、運転手のお兄さんたちも彼らなりに仕事があったらしい。積まれたコンテナが何の荷物なのかは、あえて聞かなかった。

ちょうど今走る辺りは京都と滋賀の県境にあるのか、移動の間スマホアプリのカーナビをつけっぱなしにしていると、いろんなカーブを曲がるたびに「京都府に入りました」「滋賀県に入りました」と音声が忙しい。

葉二は、鞄に詰めてきていた仏教テキストを開いて、天台宗のページを熟読していた。

「ねえ、そういうのって社外秘なんじゃないの」

「お前が黙ってれば社外秘は守られる」

葉二の肩口からテキストを覗き込みながら言った朝日に、心もちつっけんどんに返答すると、朝日は肩を竦めて細く息を吐いた。

「そんな分かりやすく機嫌損ねられるとは」

葉二が答えずにいると、朝日は横で懐から煙草を取り出し、火をつけた。

「トラックの荷台にあぐら掻きながら袈裟から煙草出す坊さんっていったい何？」

「『生臭坊主』だもんで」

「え、ソレ根に持ってんの？」

「いや別に」

咥え煙草で喋りながら、葉二にも煙草を勧めてくる。手のひらを向けて断りながら天台宗のページに戻ると、葉二は声に出してテキストを読み上げた。

「『比叡山の寺社は、最盛期には三千を越える数の寺社で構成されていた。数え切れないほどの名僧を輩出していて、日本天台宗の基礎を築いた円仁、円珍、融通念仏宗の良忍、浄土宗の法然、浄土真宗の親鸞、臨済宗の栄西、曹洞宗の道元、日蓮宗の日蓮など、日本仏教史上もっとも重要な僧の多くが、若い日に比叡山で修行している』ふーん、そんなに偉い寺だったのか。信長に焼き討ちされたことしか知らなかった」

「俺は『比叡山は日本仏教の総合大学』って教わったよ」

「へー。誰に？」

「修行行った先」

「え、修行？」

聞き返すと、朝日は煙草を唇に挟んだまま「うん」と答えた。

「そりゃ俺だって坊さんだもん。修行行って色々資格取んなきゃいけない」

「いつ？」

「去年、日本帰ってきてから。だから一回頭丸めたよ」

「ウソ‼」

「ウソついてどうすんだよ。浄土真宗は剃髪いらない宗派だけど、修行のときはさすがに坊主頭にしなきゃいけないから」

「へ〜〜〜」

急に好奇心をあらわに食いついた葉二に、朝日は「しまった」という顔をして目を逸らした。

「坊主頭の朝日、全然想像できないな」

「想像しないで」

「なんで。ちょっと前髪上げてみていい？」

「ダメ！」

「はあ？　なんだよケチ」

むりやり手を伸ばして前髪を上げようとすると、腕でガードされた。

「マジで似合わないから！」

「えっ。お前、そういう恥じらいあるの意外、可愛いとこあるじゃん」

「うるさいな～～」

かっこよくしてたい、というあまりにもありきたりな男っぽい感性が朝日にも備わっているのだと知って、葉二は嬉しくなった。よく見れば、腕でガードしたすき間から見える顔が赤くなっている。自分の見た目とか、かっこよさとか、どうでも良いくせに自動的にかっこいいという特異人種なのかと思っていた。

「…だから葉二さんに再会したの、春で良かった。ちゃんと髪伸びてたから」

赤くなった顔のまま、朝日は小声で唸るように言った。

「朝日もけっこう普通の男みたいなこと考えんだね」

「はあ…？　何だよ、俺は普通の男だよ……」

意味分かんないこと言わないでくれる、と眉をしかめた表情も、ありふれた男子の照れ顔だった。胃の底になんだか名状しがたい強い感情が湧くのを、無視出来なくなりつつあった。

ゆるいカーブを描いた坂道に、陽炎がぐらぐら揺れている。ロサンゼルスの夏は乾いて干からびるような暑さだったが、京都の夏は、煮え立つような湿気を含んだ大気の塊に押しつぶされるようだった。

「あの奥にあるのが東堂の根本中堂。せっかくだから本尊の薬師如来だけでもお参りしてくといいよ。葉二さんの後学のために」

　生き物の命を根こそぎ滅ぼしそうな獰猛（どうもう）な暑さの京都を見はるかすように、比叡山は沈黙して聳（そび）えていた。

　根本中堂までの道を、圧倒的な暑さに負けて死にかけながら歩いていく。葉二の知っている寺の本堂というのは大概、境内の中でいちばん見晴らしの良い場所にあったが、根本中堂は杉の森に抱かれるようにしてひっそりと隠れた場所にあった。一五七一年に織田信長に焼き討ちされたあと、延暦寺が再建されたのは六十年経って徳川家光の時代になってようやくのこと。そう本には書いてあった。

「それでも、やっぱり完全に元通りにはならなかったみたいだけど」

　勝手知ったる場所のように歩きながら、朝日はそう言った。

「一度完全に壊れたものは、もう元通りには戻らない。なんでもそうでしょ」

なんだって、こうも日本の夏は暗いのだろう。

この国の夏には、どこかいつも閉塞的な暗さがつきまとっている。猛々しい太陽に、突き抜けるような青い空。入道雲。黒に近いほどの濃緑の植物に、坂道の先に揺れる陽炎。殺人的な湿気。蝉の声。サイレン。目に痛いほどの彩度の中に、どこか憂鬱な、唐突な行き止まりがある。視界を圧迫するほどの生命エネルギーと、途方もない虚無が背中合わせ。強い日差しの隙間に、ストロボのように見え隠れする死の気配。

「なんか、日本の夏って、すごく、『死』……」

ほとんど無意識にそう呟くと、朝日は少し先で葉二を振り返った。真夏の音と色彩を全部背負った真っ黒な法衣姿が、幻のように視界に焼き付く。

「たぶん、その感性は間違ってない」

幻と現実の境目のような陽炎の中に立って、この国の数え切れない過去と今と、途方もない未来に渡る死のすべてを請け負った人間はそう呟いた。


外からは大して大きく見えなかった建物は、中に入ると思いがけない奥行きと深さがあった。深さ、というのは、雰囲気の話ではなくて文字通りの物理的な深さである。内陣は、参拝者が控える外陣から数メートル下まで掘った場所にあり、ちょうど本尊の厨子が参拝者の目の高さに来るようになっていた。蝋燭（ろうそく）の明かりが灯った薄暗い屋内に、薬師如来が祀られていた。

「まあ、これはお参り用に見せるための仏像で、本物は奥でずっと封印されてて、延暦寺の坊さんたちですら見られないらしいけど」

「ふーん……」

　黄金の巨大な薬師如来像に手を合わせながら、朝日の話に相槌を打った。

「この寺が今まで、数え切れないほどの人間の死を供養してきたのは事実だけど、この寺ひとつのために、数え切れないほどの人間が死んできたのも確かだからな」

　何気なく言った朝日のその言葉に、葉二は思わず押し黙った。もしかすると自分は、今の朝日の言葉を、生涯にわたって反芻して、考え続けなければいけないような気がしたからだった。

　なんで俺はこんな奴と出会ってしまったんだろう。

　ふと胸をよぎった感情は、後悔のようでも覚悟のようでも、納得のようでもあった。

「ねえ、朝日」

「うん」

「朝日の背中の刺青ってさあ、薬師如来だったよな」

　すると、朝日は前を向いたまま一度まばたきをしてから、浅く首を傾げて葉二を振り返った。

「よく覚えてるね」

「そりゃそーだよ。あんなもんあっさり忘れられるくらい図太い人間だったら、お前とこんなとこに来るような現実は訪れてない」

自嘲じみた笑いを浮かべてそう言うと、つられたように朝日も笑って、「そうかも知んないね」と答えた。

もともとは日帰りの予定だったが、あまりにも疲れ果てていたので、駅前のホテルで一泊して明日の朝一で帰ることになった。同じ部屋で寝るとなると、飯を食う以上に意識的になってしまう。否応なしにアメリカでの事故の一夜が脳裏にあって、とても疲れているのに、寝落ちることができないでいた。

窓の外をわざわざ確認する気にはならないが、夜になって小雨が降り出しているみたいだった。エアコンの音に紛れて時折、トトト…と雨粒の落ちる音がする。

シャワーを使う音が止まってからしばらく音沙汰がないと思っていたら、朝日はどうやら風呂場の換気扇の下で煙草を吸っていたようだった。

長い沈黙のあとで、ようやくバスルームのドアが開いた。

「風呂入る前に吸ったらよかったじゃん」

　パンツ一枚の上裸に、煙草臭いタオルを頭に引っかけて風呂から出てきた朝日は、葉二の言葉に「あー」と曖昧に相槌を打ちながら、ぺたぺたと素足で歩いてきた。何をする気も起きず、Tシャツのままうつ伏せにベッドに伸びている葉二の傍らに、朝日はそのままぼすんと腰かけて、あぐらを掻いた。

　なめらかな背中の上の薬師如来と、間近に目が合った。

「ちゃんと聞いたことなかったけど、何で薬師如来にしたの。刺青」

　ガシガシ乱暴に髪を拭きながら、朝日はちらりと目線だけで振り返る。

「生きてる人間のための仏だから」

　と、朝日は一言で答えた。

「生きてる人間の…？」

「今日、延暦寺の本尊が薬師如来だったの、おかしいなって思わなかった？」

「ん？　ああ、思った。天台宗って阿弥陀如来じゃないのかな、て」

「そう。葉二さんの言うとおり、天台宗の寺の本尊は大体が阿弥陀如来で、たまに大日のこともあるんだけど。延暦寺の本堂にある仏像は薬師如来。厳密には、延暦寺は薬師如来と阿弥陀如来と大日如来の三仏を祀(まつ)ってる」

「うん。てか、なんの話…？」

俺おまえの刺青のこと聞いてんだけど、と思いながら、うつ伏せていたベッドから顔だけ上げて、葉二は眉をきゅっと吊り上げた。

が、朝日は「最後まで聞いて」と葉二の質問を制した。

「『仏教では、すべての命あるものは大日如来から生まれたとされる』今日、葉二さんが読んでたテキストに書いてあっただろ」

「うん…」

「太陽とか、宇宙とか、一言で言えば、物事の始まりとか根源を司ってる仏が大日如来。要は、過去の魂を守る仏。一方、阿弥陀如来は、無限の寿命を持っていて、くたばった人間を未来から迎えに来てくれる。だから、未来の魂を守ってる仏。そんで、薬師如来ってゆーのは、名前の通り、薬を持ってる。薬ってのは、生きてる人間にだけ効くものでしょ。だから、現世の人間の魂を守ってる仏なわけ」

滔々と語る朝日の話を、葉二は転がったまま枕を抱いて聞いていた。

「俺は、ほんとのところ、死んだあとのことなんて信じてないから」

「おいおいご住職…」

「生も死も、結局は生きた人間のためだけの価値観で、『生』なんて短い尺の中に押し込められた人間が、少しでも現世を幸福に生きるためのもの」

すべての死は、生のためにあって、すべての生は、死のためにある。

どんな宗教だって、元は全部、人間が貧乏と理不尽を耐えしのぐために生まれた人生観のことだから。生きることについてどう考えてるか、が、仏教の本質だ。

「だからせめて、その価値観に殉じて生きなきゃならないのなら、生きた人間のためだけを考えてやろうと思って」

そう思えば、まあちょっとは人生やる気出るでしょ。

と、朝日はすこしだけ微笑んで言った。

「……。なんだ、嘘じゃん」

「は？　何が」

葉二の悪態が思いがけなかったのか、朝日はきょとんと目を丸くした。

「人間が嫌いだなんて嘘じゃん。お前」

「え…」

「お前がいちばん人間に期待してる」

朝日にずっと感じていた違和感はそれだったのだ、と葉二は思った。

本当は、誰よりも人間に期待していて、人間の根本を信頼していて、人間を愛して、人間に報いて生きたいと願っている。人間のいちばん醜いところをずっとそばで見せつけられる場所に生まれ育ちながら、それでもその期待と信頼を捨てることができずに、フラストレーションに苛立って、飽きもせずに裏切られては、悲しんで、怒って、果てはゴミ箱の隙間にボロ切れみたいになって転がっていた。

　こんなはずないと、人はもっと優しいと、そういう願いを捨てることができずに、わめきふてくされながら泣いている駄々っ子だった。

　俺があの日見つけたのは、そういう奴だった。人の優しさは報われると信じて、自分の体に癒しの仏様を彫り込んでしまうほどの。

「朝日がいちばんきれいだよ」

　滲み出すように心を染めた思いが、勝手に口から出てしまった。なんてきれいな奴だろう。顔も、身体も、中身も、朝日を作ってるものすべて。

　触りたいなあと思って、手を伸ばした。嫌がられるかなとも思ったが、知ったこっちゃねえと心の中で呟いて、手の甲で朝日の背中の薬師如来をゆっくりと撫でた。朝日は怒らなかった。

　服の上からは分からないほどちゃんと筋肉がついた男の背中だった。温かい肌だった。知っている肌だった。この肌を自分が知っているということに、肚の底に湧く淡い独占欲が満たされるのを自覚した。抵抗も身じろぎもせずにしばらく黙って撫でられていた朝日は、それからややあって、ぽつりと口を開いた。

「あのさ」

「何、朝日」

「葉二さん、俺のこと好きだろ」

　今度は、葉二が目を剥く番になった。

「は？」

「自分で気付いてるかどうか、どう思ってるのか分かんないけど。葉二さん、俺のこと好きだよ。親愛じゃなく、恋愛感情で」

　唐突に核心に切り込まれて、一瞬、思考が停止する。心臓がきゅっと縮まったようになった。

「い、いや。ちょっと待って」

「待つも何も…」

「お……、俺、好きな人いるから！　ずっと好きな人…付き合ってるから…！　前に言ったじゃん、高校時代からの好きな人だ」

「ああ。まだ続いてたんだな」

「そうだよ！」

「そう、意外だな」

「な…なんだよそれ、失礼じゃん普通に」

　しどろもどろになりながら言うと、なぜか、喋りながら泣き出しそうになった。

「じゃあうまく行ってんの？」

葉二の態度をどう取ったのか、朝日は容赦なく聞いた。その手加減のなさに、いつもは葉二が聞かれたくなさそうなことは、ちゃんと察して避けてくれていたのだということを知ってしまった。潤一とは、もう一ヶ月近くも連絡が取れていない。

黙り込んでしまった葉二の顔を、朝日は観察するように覗き込んだ。

「……………」

俯いた顔に、手が伸びてくる。

鼻先にかかった髪を掻き上げようとしてくれているのが分かったが、顔を背けて避けてしまった。その葉二の態度で、ようやく朝日は追及を止めてくれた。

「ごめん。追い詰めすぎた」

もうそれ以上何も言ってこなかったが、ついに、決定的な箍を、朝日の手によって外されてしまったと思った。せき止められていた何かが、重い、甘ったるい痛みを引き起こしながら、胃の奥の方から流れ出して止まらなかった。

なんてことしてくれたんだ。お前のせいだぞ、朝日。

もはや、アメリカのときの一度の間違いを謝るタイミングなど完全に失ってしまった。もしかしたら、謝れなかったのではなくて、謝らせてもらえなかったのかも知れないという思いが、今さらになって心をよぎった。朝日の意志で、気付かぬうちにずっとそうされていたのかも知れなかった。

後戻りのできない何かを、薬師如来の美しい指先によって、目に見える場所に引きずり出されてしまった。

◇

本当は、潤一に別の人間の影があるのを、葉二はずっと知っていた。

いつの頃からだったろう。この何ヶ月、という話ではなくて、もっとずっと長い間のこと。潤一は何も言わなかった。だから葉二も見ようとしていなかっただけで、潤一自身は隠そうともしていなかったのではないかと思う。隠し事をしながら誰かと付き合い続けられるほど器用な人ではなかった。

十一月に入って、ずっと冷たい雨が続いている。

久々に会ったあと、潤一が仕事の用件で先に帰ってからも、家に帰る気になれずにカフェで本を読んでいた。

大学の頃、本を持っているところを見られると、自称読書家に絡まれることがときどきあったが、波田野ノリヲの本を読んでいる人は少なかった。波田野ノリヲは、ニューヨーク近代美術館で長年勤務したあとフリーのキュレーターとして独立した経歴を持つ、「暗い美術小説を書く作家」だ。屈折した人間観と、陰湿な情熱の強い作品には、同じくらい屈折したコアなファンが多い。

　読書家を気取りたがる人というのはおしなべて、今そこにあるその本の話ではなくて、類似の色んな作家の別の本の情報を羅列してくるような話し方をする。葉二は別に本が好きなのではなくて、波田野ノリヲという作家の小説が好きなだけだ。だからそういう人たちと話していると、相手もだんだんと「あ、なんか違うな」と思うらしく、自分の好きな作家のことを話すだけ話してさっさと離れていく。

　思えば、波田野ノリヲの小説を読むようになったのも、潤一の影響だった。高校生の頃の、まだ一度も話したことのなかった潤一が、美術室に忘れていった本を勝手に開いた、そのときから。

（やっぱり俺は、別に、本なんか好きなわけじゃないんだ）

注文したはいいものの、やっぱりいつまでも好きになれずに飲み切れないでいるカフェオレが、冷め切ってテーブルの邪魔者になっている。

暗記するほど読み返した。アメリカに留学するときも持っていって、事あるごとに適当にページを開いたところを読み返した。社会人になってもいつもお守りみたいに鞄の底に文庫をしのばせている。

　別に本を読む理由なんてなんだっていい。

作中に描かれる価値観に共感して自分を肯定するためでもいいし、文字を読むことで頭のトレーニングをするためだっていい。本を読んでいる自分が好きだという自己愛だっていいし、泣きたいから、笑いたいから、現実逃避したいから。または、好きな人の好きな物を知りたいという動機だっていいはずだ。

俺はどうなのかな、と思う。

潤一の目に見える世界を知りたかった。潤一のすることを全部なぞったら、潤一の気持ちが分かって、潤一の好きなものを自分も好きになったら、潤一と同じ感性を手に入れられると、心のどこかで夢見ていた。

（俺はたぶん、潤さんになりたかった）

潤一の心というよりも、潤一のすべてを手に入れたかったのかもしれない。


雨の降る東京の街並みは、視界の彩度が落ちて寂しい。

一日分の人間の汚れを一身に浴びた街が、自然の水にも洗い落としきれずに、濁ってくすむ。綺麗に見えてみんなこんなに汚れている。生きているだけで汚いのは俺だけじゃないんだという気がする。錯覚だとしても、その様子にどこかほっとする気持ちがある。波田野ノリヲという作家の書く小説にも、この景色と同じような気持ちを抱いていた。俺はほんとはこんなに暗い人間なんだなあと、思い出すことができるから。

窓から見える横断歩道を、傘を忘れたらしい若い男が小走りに渡っていく。急ぐ後ろ姿の明るい金色の髪が、くすんだ視界の中で目立っている。潤一のことを考えていたからか、その色がぱっと目に付いてしまった。

そうだ。ちょうどあんな感じの人。そう思って、葉二はその人の行く先を目で追った。光に透けそうな、プラチナブロンドに近い金髪、背が高くて、ひょろっとしていて煙草を吸っている人。

一緒にいるときも、潤一は街で特定の容姿の人間がいると必ず振り返る。煙草を吸っている人を見ると、じっと目で追っていたりする。

(知ってるよ。ほんとはずっと知ってたの、俺)

波田野ノリヲの小説を丸暗記するほど読んだら、おまじないみたいに潤一を引き付けることが出来ると思っていたのだろうか。

せっかく、朝日が。

せっかく、朝日が「俺も好き」と言ってくれたものに、こんな気持ちを抱きたくない。こんなことを考えていると朝日に知られたら、きっと朝日は俺に呆れる。期待していたような人間じゃないと分かって、失望されて、嫌われるのかも知れない。

「…やだ」

思わず一人でそう声に出してしまってから、自分のあさましさに嫌気が差した。外の景色もお守りの小説も、飲めないカフェオレも何もかも視界に入れたくなくて、子供みたいに俯いて、肘をついたまま、両手の甲でぎゅっと目を覆った。

◇

会社の別部署の営業部長の奥さんだとかという人の葬儀が、ばたばたと決まった。

葉二たちの所属している葬儀部門上層部の関係者の葬儀なので、ブライダル部門の社員たちも参列する。このご時世に珍しく、近親者による家族葬ではなくて、大きな葬儀にしたいという家族の希望だった。世田谷にあるいちばん大きな会館を手配して、セレモニーをすることになった。

潤一から「上司の付き添いで俺も行くから」と連絡が入ったとき、葉二は条件反射で心が浮き立ったあと、ざわざわと落ち着かない気持ちになった。仕事の場で潤一に会うのは初めてのことだ。そして、何の因果か、朝日の実家の寺が呼ばれることになった。今回、見習い住職の朝日ではなくて、当代住職である朝日の父親が出てくる。そこに、近くなので勉強と補佐を兼ねて朝日も同行させられるという話だった。

葬儀は常にばたばたと決まるものだが、今回は特に大慌てで色々なものを手配しなければならなかった。夜勤だった小澤先輩が病院に呼ばれてから、怒涛のように仕事が舞い込んだ。

葬式は、タイム・アンド・マネーである。時間と金。その二点に集約される。逆に言えばその二点さえなんとかなればどうにでもなるのだが、大概は、その二点で揉める。葉二は今回、故人が生前に残したエンディングノートの「棺をカサブランカの花でいっぱいにしてほしい」という一文に振り回されて、大変な目に遭った。なにせ、カサブランカの花は高い。ただでさえ、かなり見栄を張ったプランの葬儀を組んでしまったので、予算が足りない。家族側との交渉が暗礁(あんしょう)に乗り上げていたところを、しゃらくさいべっこう柄のメガネを掛けた小澤先輩が、レンズを光らせながら、救済に入ってくれた。

「表面に見える部分をカサブランカの花にして、その下はすべて同じ白の別の花で埋めましょう」

営業モードのスイッチが入った、小澤先輩の鶴の一声で決着した。

当日、極めて個人的な事情により「なんだこのカオスな現場は」という気持ちで心の中に氷河期が訪れている葉二をよそに、小澤先輩はやけに生き生きしていた。普段は墓場に揺れる柳の木みたいなのに、今日はただならぬ覇気を背中にまとっている。

「なんか楽しそうじゃないですか？」

と、思わず小声で尋ねる。

「俺は大きな死の現場が大好きだ」

という、一見頼もしく、意味不明な言葉が返ってきた。

会館が参列者で埋まる。葉二の用意したカサブランカの棺が、いっぱいの花に囲まれている。遠くから見ると、まるで宝物のように見えて不思議だった。

『開式に先立ちまして、皆様にご案内を申し上げます』

小澤先輩のアナウンスで、ざわついていた会場が静まり返る。

会場の出入り口に控えていた葉二の目の前に、ゆっくりと袈裟姿の住職が歩いてきた。

あれが朝日の父親。総髪で、法衣を着ていなかったらとても僧侶には見えないであろうきっちりと分けた黒髪に、朝日とよく似た垂れ目がちの二重まぶた、色白で、すっきりと通った鼻筋。衣擦れの音を残してしずしずと歩いていく後ろ姿に、他人を押し黙らせるような迫力があった。古来、宗教の権威とはそういうものなのかも知れない。

参列者の中に、準礼服姿の潤一の姿がある。こっちは、宗教の権威も生死の美学も人のしがらみも知らないような顔で、眠そうに俯いていた。

何なんだこの状況、と改めて思いながら、朝日はどこにいるのだろうと現実逃避のように葉二は思った。もしかしたら控室にいるのかも知れない。読経が終わっても、焼香が終わっても、結局式に朝日が顔を出すことはなかった。

葬儀がひと段落して火葬に移り、葉二の今日一番の仕事はどうにかつつがなく済んだ。この後の葉二の仕事は斎場の片付けと事務処理だ。

「あ痛っ」

受付の机を片付けようと持ち上げた瞬間、左手に痛みが走って一人で声を出した。痛んだ手のひらを確認してみたら、人差し指の付け根が切れて血が出ている。屈んで机の裏を検めると、木の表面が割れて剥がれかけたところが突き出ていた。棘が入ってたらマズい、と思い、ぎゅっと押してみると、思いのほか深く切れていたのか、圧した分だけさらに血が出てきた。なるほど、生きている体はケガをすると血が出る。

「いや、何言ってんだ」

一人でウケて、全然ウケている場合ではないと思い直した。とりあえず机の片付けは後回しにし、手を洗いに行くことにした。お客さんはみんな出て行ったあとだからいいだろう、と思い、堂々とロビーを横切ってトイレに向かう。

と、自販機の前に、潤一がいた。

「葉二」

「えっ、あ、潤さん……！」

着慣れない礼服で肩が凝ったのか、首のあたりを擦りながら、潤一は欠伸をした。

「お疲れ様」

「あ…潤さんも」

ためらいがちに葉二が言うと、潤一は「うん」と頷いて、葉二の手元を見た。

「どうしたの」

「あー、さっき机運ぶとき、ちょっと怪我して」

手を洗いに行こうとしてた、と尻すぼみになりながら言う。せっかく会えたのに、なんでこんなに上手く話せないのだろう。

葉二の浮かべた半端な笑みを知ってか知らずか、潤一はまばたきして尋ねた。

「痛い？」

「いや、血は出てるけどそんなに…」

それで会話は途切れてしまう。まあいつものことだからそれは別にいい。怪我の心配もしてくれてありがたい。でも、何かもうちょっと、他に言ってくれてもいいことがあるんじゃないか、という気持ちが胸をよぎって、「潤さんに会えて嬉しい」というシンプルな気持ちがしぼんでしまった。

「えと…潤さんは、この後仕事戻るんすか？」

「うん。今日もともと休みなわけじゃないから」

「そーなんすね。大変……つーか、他人の葬式ってほんとスケジュール狂うからね」

葉二が苦笑いを浮かべて言うと、潤一はため息交じりに「ほんとそう」と言って、ロビーの時計を確認した。

「俺もう行かなきゃ。またね葉二」

「うん。じゃあ、頑張って」

ひらひらと手を振って、いつも通りの潤一の背を見送った。本当に、潤一はいつも通りだった。

俺、潤さんに何を言って欲しかったんだろう。

血の出ている手を押さえながら、ぼうっとした頭で葉二は考えた。怪我を心配してくれただけでも、むしろいつもより優しいくらいだったのに。でも、どうしても何かが寂しかった。物足りなかった。そういうことを潤一に思った自分に、葉二は静かに、でも、心底驚いていた。

潤一と別れたあと、葉二はもやもやとした気分のまま、トイレに向かった。とりあえず血で汚れた手を洗わないと、触るものをみんな汚してしまう。

手洗い場に立って、鏡を覗き込む。なんて冴えない顔だ。

気付いたら袖に血が付いていた。傍らにスマートフォンを置いて必死に手と袖口を洗っていると、唐突にスマートフォンが振動したので、葉二は思わず飛び跳ねた。

「おわあ！」

机を放置して現場を離れているのがバレたのか、と焦りながら顔だけで画面を覗き込むと、思わぬ名前が表示されていた。

「あれ。朝日」

泡が付いた手のまま、比較的濡れ方がマシな小指で画面を触って、応答する。それから人さし指と親指で角をつまみ上げたスマートフォンを、なんとか肩と耳で挟んだ。

「朝日。どうしたの」

「あー、葉二さん。お疲れ様」

「うん。つーかお前どこにいたの」

なぜかちょっと恨みがましい気持ちになって、すねたような声が出た。

「勉強で親父さんに付いて来たんじゃないの」

「まあちょっと…いろいろとあって」

「何いろいろって」

葉二が聞こうとするのを遮るように、「それよか」と被せ気味に朝日は言った。

「そのまま控室来て。手怪我してんでしょ」

「え？　何で知ってんの。こわ」

血と泡を綺麗に洗い流したあと、もう手を拭くのは面倒臭くなって、そのままパッパと水気を払う。

スマートフォンを肩口に挟んだまま外に出た。仕事の緊張がとけてきて、いや、まだ仕事中だわ、と自分に突っ込みながら控室に向かう。いったん人が捌けたあとの斎場の、儀式の重たくも澄んだ気配だけが残っている、独特の空気がけっこう好きだ。

「まあいいや。すぐ行くから待ってて」

調子を取り戻して通話を切る。スマートフォンはスーツの内側のポケットに突っ込んだ。

控室というのは「御導師控室」と言って、通常お坊さんが着替えたり休憩したりする和室の部屋のことだ。家族葬や密葬の場合は遺族控室として使うこともある。

ノックもせずに控室のドアを開けると、法衣どころか準礼服姿の朝日があぐらを掻いて本を読んでいた。積み上げた座布団をクッション代わりにもたれかかっている。

「お前…くつろぎすぎだろ」

自分の部屋じゃねんだぞ、と呆れて言うと、朝日は葉二の小言をスルーして傍らに本を閉じた。カバーが掛かっていて、何の本なのかは見えなかった。

「おかえり」

「おかえりってお前」

「手見して。俺オロナイン持ってる」

靴を脱いで上がった葉二の手をとって、朝日は勝手に検分した。

「あー、ここ。痛そう。大丈夫？」

「見た目ほど痛くないから……てゆーか、さっきも聞いたけど何で知ってんの」

「話聞いてたから」

「えっ！」

「さっきの。あれが『潤さん』ね…」

ことももなげに朝日は言って、葉二の手を引いてその場に座らせると、座布団のてっぺんに畳んであったコートのポケットを漁った。

「あ。あった、オロナイン。ニキビ出来たから買ったんだよな、そのまま忘れてた」

「な、何で…ていうかどこで話……」

しどろもどろに尋ねると、朝日は面白くもなさそうにすんなりと答えた。

「いや、コーラ買いに行こうと思ったら葉二さんの話し声が聞こえたから」

「え、嘘。声掛けろよ」

「掛けるわけないだろ…」

朝日は呆れたような半笑いを浮かべながら、動揺してされるがままになっている葉二の手に、薬を塗ってくれた。緊張で手が冷えていたのか、朝日の指先がやけに温かく感じた。

つ、と手のひらの上を丁寧に滑る指先に、なんだかふわふわと力が抜けるような気がし、胸の奥の方がぎゅっと縮こまった。

「しみる？」

「え、いや…大丈夫」

「絆創膏はさすがに持ってないな、これあげる。傷残んないといいね」

ほとんど中身の減っていないオロナインのチューブを、押し付けるように葉二の手に握らせながら朝日はそう言った。

「ありがとう…」

半ばぼけっとしたまま半端なお礼を言うと、腕を引く前に、上からペタンと手を畳の上に押さえつけられた。

「葉二さん」

「へ」

「あの人、やめた方がいい」

一瞬、何を言われているのか分からなくて、葉二は目を見開いたまま朝日の顔を見返した。焦点がぼやけるほどの距離に顔があった。

「俺、葉二さんが話してるの聞いて、あれが『潤さん』ってすぐ分かった。もう一回言うけど、葉二さん、あの人やめた方がいい。絶対」

「な…」

「だって、あんなに辛そうだった。全然幸せそうじゃない。見てられなかった。葉二さんがあんな顔でいるのって、いい関係なわけない」

重なったままの手に力が込められて、ハッとした。

「さっきの見て、正直俺、奪えるって思ったよ。こんなに隙があるのならって」

朝日の口から出た決定的な台詞に、喉の奥がひりついて、舌が引っ込んでしまった。

「俺は葉二さんより大事なものなんてひとつもない」

長い前髪の先が鼻先に触れる感触に、反射的にぎゅっと瞼を閉じた。息を呑む隙もなくて、言葉の強さとは裏腹に、かすかに触れるだけの繊細な力加減で、唇が押し付けられた。ヤったのに。あんな適当な流れで。セックスまでしたのに。まるで何もかも初めて触れる人のような衝撃的な感覚に、頭の芯がぐずぐずに溶けてしまった。シンプルな親愛を蹴散らして、人間同士の救済や優しさや慈しみのラインも押しのけて、とうとう踏み込まれてしまった。

唇がゆっくり離れたとき、朝日は今しがたあんなに優しい手つきで薬を塗ってくれたのと同じ人間とは思えないような容赦のない目をしていた。

「あ、」

朝日、と名前を呼ぼうとすると、今度は触れるよりももっと確かな強さで、唇を吸われた。思わず引きそうになった体を押さえられて、身体の距離がゼロになる。何かの事故とか、間違いとかじゃないからな、という無言の意思表示をはっきりと感じた。

本当に俺だけを見ている、と思った。これまで、朝日がこんなに優しい、美しい人間であることを散々見てきた上で、ずっと水面下に押し隠していたであろう強烈な男の情欲と独占欲を目の前に明確にむき出しにされて、葉二は動揺した。腹の底にどろりとした喜びが湧くのを自覚すると、同時に深く傷付いた。

「あ、朝日…ちょっと、待って…」

「やだ」

「待って、お願いだから…」

お願いだから、と言った言葉の語尾が涙に滲んでしまった。

「そうやって、追い詰めないでくれ。お前は人を見る目が正しすぎて、強すぎる」

「どういう…」

「…俺は、お前ほどには、物をまっすぐ見ることができない、から」

物事がまっすぐに見えすぎる朝日の目には、人間の美しさも醜さも、俺なんかよりよほど鮮明に見えるのだろうと思う。

「俺は朝日の言うとおり、ほんとは明るい人間なんかじゃないし、頭が良くもないし、すぐに落ち込んで、泣くし……自分に自信がない。だから、自分で明るくする努力をしなくても、もともと明るくて楽しい場所が好きで、優しい人が好きで…それで、たぶん無意識に、ずっとずっとお前の優しさに甘えてた…」

そして、自分の寂しさを埋めるために、朝日の好意を利用して、我欲に引きずり込んだりもした。そのことをいまだに謝れてすらいなくて、なのに、こうして求められて、条件反射みたいに喜んでいる自分がいる。その自分の醜さに耐えられなかった。

「朝日が、どうして俺なんかを好いてくれるのか分からないけど、俺の汚さも醜さもみんな朝日には見えてるんだと思うとしんどくなる」

心の底に溜まった毒を吐き出すように言い切って、葉二は唇を噛み締めた。

「俺、そんなこと…」

出会ってから初めて聞くような声で、朝日が言った。ハッとして、朝日の顔を見る。

「そんなこと、葉二さんが考えてるって知らなかった」

傷付けた。と思った。

初めてこれほど明確に、自分の言葉で人の心を害した。しかも、よりによって、今この瞬間、世界でいちばん重要な人間に、こんな顔をさせてしまった。

そして、それをフォローするだけの言葉も、行動も、何も知らなかった。自分がこれほど、人の愛し方を知らない人間だったなんて、今の今まで考えたことさえなかった。

◇

朝日のことに動揺して、何をどう考えていいのか分からなくて、混乱した頭のまま、ただただ「潤さんの顔が見たい」とだけ思って、潤一の最寄り駅で勝手に待っていた。みぞれまじりの雨が降っていて、その中で、一時間以上待っていた。あまりにも寒いから、もうあきらめて帰ろうと思ったときのことだった。

改札から出てきた人達の中に、朝の太陽の光みたいな、透けるような彩度の金髪の人を見つけた。嫌な予感がして、息を呑んだ。思った通り、その隣に潤一の姿を見つけた。

あの人か。

ああ、なるほどね。

思ったよりもショックは受けなくて、驚きもなく、ただ、心臓に切っ先を突き付けられていたナイフが、そのまま深く突き刺さってきた。そういう感じだった。

見た瞬間に「あの人なんだな」と分かった。朝日が潤一を見て、「あれが潤さんか」とすぐに分かったと言っていたのと同じことなんだろう。ずっと潤一の周りにあった別の人間の気配が、ようやく実体をまとって葉二の目の前に現れた。

ひょろりと背が高くて、花が咲いたみたいな顔で明るく笑って、まるで潤一とは正反対に見える、おどけた仕草で話す人だった。潤一が聞いているのかいないのかも分からない顔で黙ってそばを歩いているのも、まるで気にしていないように楽しそうに笑っていた。

あれはかなわんな、俺じゃ。と、心の中で言葉にして、はっきりと思った。

明るい振りをしているだけの自分とは違う、本物の明るい人間の笑った顔だ。後ろめたさをまったく感じさせない笑顔は、和泉がいるからよく知っている。

見たくないのに、改札を出てきた二人から目が離せない。金髪の人が潤一の肩をつんと突いて、スマートフォンの画面を見せる。二言三言、二人で画面を覗き込みながら何かを話したあと、金髪の人が先に雨に気付いて、外を指さした。つられて顔を上げた潤一が、「あー」とマイペースな声を出したようだった。それを見て苦笑いする顔が優しい。

会話の声は聞こえて来ないが、遠目に見ていてもやりとりが手に取るように分かった。「潤、傘持ってる?」「うん」「よかった。じゃあまた明日」また明日。そうなんだ、と思った。

金髪の人が、折り畳み傘を出そうとしていた潤一を呼び止める。開いた傘で隠すようにして、キスした。ゆっくり顔を離したあと、もう一度、金髪の人は潤一の耳の辺りに唇を寄せた。

ひらひらと手を振って、そのまま金髪の人は行ってしまった。その後ろ姿を、潤一はずっと立ち尽くして見送っていた。その途方にくれた迷子の子供のような仕草で、ああ、あの人のこと好きなんだ、と誤魔化しようのないほどよく分かった。だてに高校の時から見続けてきたわけじゃない。

そういえば俺傘持ってないや、と遅れて気付いたが、もういいか、と思った。

ようやく帰ることを思い出したような潤一を、後ろから呼び止めた。

「あれ、葉二」

「いまの人誰」

何か言い掛けたのを遮って、率直に聞いた。少しでも後ろめたそうな様子を見せてくれたら、と思ったが、潤一は短い沈黙のあと、ばさりと音を立てて折り畳み傘を開いた。

「…大学の元同級生」

潤一は眉一つ動かさないで、斜め下に視線を落として答えた。潤一が何を考えているのか、葉二には想像がつかなかった。

「また明日って言ってたみたいだけど、職場の人じゃないんすね」

「違うよ。あの人はちゃんと絵の仕事してるもん。俺と違って」

その言葉に卑屈な響きを感じて、葉二は息が苦しくなった。絵で美大に入り、美大を出ても結局は絵に携わっていないことを、潤一なりにコンプレックスに思っていたことを、こんな形で知ってしまった。

「俺、潤さんはそういうのどうでもいいのかと……」

「だったら良かったけどね」

そこで潤一は初めて葉二の顔を見て、少しだけ笑ったような顔を見せた。寂しい表情だった。やっぱり俺はあの人と違って、潤さんにこんな顔しかさせられないのだと思った。

「付き合ってるんですか」

声に出した瞬間に、涙が出た。

「ないよ。何度かキスしたけど、それ以上のことはしてない」

「……」

黙って目を見つめたまま涙を零している葉二に、潤一は何の言い訳も謝罪もしなかった。

「好きですか?」

「…そうだね。あっちにどう思われてるのかは知らないけど」

潤一の、こういうときに絶対に嘘をつかないところが好きだった。

たぶんいつかこうやって傷付くことをずっと知っていたのに、気付かない振りをして、逃げ回っていたのは自分自身だった。

こうなるって、分かってた。俺。

みぞれが降っている。十二月。傘も差さないで、めちゃくちゃな道をやけくそに歩いて家に帰った。

◇

葉二が風邪を引いたらしい。

葉二の職場の、小澤という死神みたいな同僚からそれを聞いて、朝日は真っ先に「どうしよう、俺のせいかも」と思った。

この前のことを謝らなければと思っている間に、何日も経ってしまった。いつもならすぐ連絡できるのに、今回ばかりは、自分が焦って迫ったせいで泣かせてしまったという負い目があった。あの人は気にしいなのだ、マジで、本当に。

たぶん葉二は、「潤さん」を見て嫉妬と独占欲に駆られた朝日に無理強いされたなどとは考えない。自分の優柔不断が朝日を振り回して傷付けたと思って、動揺し、その後で自分を責めただろう。

葉二は、自分の醜さを朝日に見られていると思うとつらいと言った。葉二がそんな風に考えていたなんて思いもよらなかったのは確かだが、ショックを受けたのをもろに顔に出してしまったのは迂闊だった。絶対に気に病んだはずだ。たぶん、朝日を傷付けたと思ったはずだ。あれはそういう人だ。とことん繊細で優しく、他人の痛みを己の身で被る癖がある。そしてそれを弱さとしか思えず、優しさとも美しさとも知らずにいる。

朝日は自分自身に舌打ちをした。

朝日の最寄り駅から葉二のアパートの最寄りまでは、各駅停車で五駅、快速だと二駅だ。各駅に乗ったのは間違いだった。通過待ちで待たされる数分が面倒くさい。小澤を脅すようにしてほぼ無理やり住所を聞き出してから、勢いのまま電車に乗ってしまった。これなら、ビッグスクーターで来たほうが早かったかもしれない。なんだかんだで葉二のアパートに行くのは初めてだが、次はビッグスクーターで行こうと思った。

イライラしながらドアにもたれて腕組みし、宙を睨んでいると、近くの座席から視線を感じた。つられてそっちを見ると、ひそひそと朝日を見て何かを耳打ちしていた男子高校生の二人組が、「ひっ」と肩を跳ねさせてあからさまに目を逸らした。

（なんだ…？）

疑問に思いながら前を向き直ると、向かい側の窓にものすごい悪人面の、据わった目をしたゴロツキの顔が映っていた。

「あ。やば…」

こんな凶悪な顔で葉二のところに行くわけにはいかない。これまでの血の滲むような努力によって、自分はようやく見掛け倒しではなく本物のダウナーなキャラ像を手に入れつつあるのだ。ヤンキーは駄目、絶対。というか、こんなのが寺の坊さんだとは誰も思わないだろう。

葉二さんを怖がらせない。傷付けない。

朝日の願いはそれだけである。一つ目はどうにかこうにか守れていると思うが、二つ目はなかなかどうして、うまくいかなかった。これぱかりは難しい、本当に。自分の心がけだけではどうにもならないからだ。なにせ、どうやら葉二はアメリカでの酒の勢いの一夜の過ちをも、自分のせいだと思い、自責の念に駆られているようなのだ。口には出さないものの、ときどき朝日に対してやけにシュンとした顔をする。それは大体留学の頃の話が出たときだから、条件反射であのことを思い出してしまうのだろう。

葉二さん、アンタが俺を巻き込んだんじゃない。俺がアンタに手を出しただけなんだよと、よっぽど言ってやりたいのだが。

酒に酔って、朝日の頭を撫で、にこにこの笑顔で「好きだよ」と言った葉二に、たまらなくなってキスしたのは朝日の方だった。唇を吸っても、舌を入れても、ポカンとして抵抗しない様子の葉二を見て、いけると思った。いけると思って押し倒した。葉二はよく分からないまま流されただけだったのに。

あの頃、葉二がずっと寂しそうにしていたのを朝日は知っていた。スマートフォンをいつも視界の隅で気にしていて、ときどき夜になるとそれを持ってベランダに出ていた。だから、葉二に誰かがいることくらい、初めから知っていたのだ。その寂しさに付け込んだのは俺なのに。と、いつかちゃんと教えてあげようと思いながら、こんなに時間が経ってしまった。

タイミングを逃していたのではなくて、逃げていただけだ。

それを言って、せっかくこちらに傾けてくれている葉二の心が、時間を掛けてようやくこじ開けた葉二の心が、あっけなく離れてしまうのが怖かった。だから言えなかった。

(葉二さんは、俺のことをやたらと優しいだの綺麗だのと言ってくるけど…)

本当の本気で俺のことをそんな風に思っているなら、葉二さんは俺を勘違いしている。

朝日はずっとそう思っていた。

恋人にほったらかされて寂しそうにしている隙に付け込んで、手を出した。アンタとの約束を守ったと言い張って、良い子ぶって油断させた。あの手この手で信頼を勝ち取ろうとして、優しい人間を演じている。そうして寄せてくれた心を手放すのが怖くて、傷付けたくないなどと言いながら、いちばん大きな心の棘を抜いてやることもできずにいる。

(ごめんね、葉二さん。あんたが思っているほど、俺はあんたに対して優しくも正しくも、美しくもない)

出会った日から、今までずっと、一日も欠かさず。

(俺はずっと、葉二さんにこっちを見て欲しくて構って欲しくて笑って欲しくて、葉二さんが欲しくて欲しくてたまらなくて、何だってやってきた。俺はそれだけの人間なんだ)

葉二には夢を見させて申し訳ないが、その夢を壊さないために、たぶん自分は空に浮かぶ星をも落とせる。

坊さんのくせに執念と煩悩にまみれてんな俺、と思いながら、朝日は両手をパーカーのポケットに突っ込んだ。どうせなら、葉二の好きな袈裟姿で来てやればよかっただろうか。

朝日は寺の仕事に執着があるわけではないので、明日から突然サラリーマンになったって本当にかまわない。が、坊さん姿の朝日を見るときはいつも葉二が初恋みたいな顔をするので、けっこう気分が良かった。

というか、風邪を引いているなら、何か買って行ったほうがいいだろう。風邪を引いたときに必要なものって何だ？　自分が風邪を引いたのなんてもう何年前かも覚えていないほど太古の記憶だから、何が必要なのかも良く分からない。

試しに「風邪のとき差し入れ」で検索してみると、「恋人が風邪を引いたときに喜ばれる行動」「彼女が寝込んでいるときの差し入れ正解・不正解」「風邪のときの差し入れ五選！」などの記事の下に、「彼氏差し入れ迷惑」「風邪差し入れうざい」などの検索サジェストが出てきて戦慄した。

もしかしてやめた方がいいのだろうか…と悩んでいるうちに、電車が駅に着いてしまった。もういい、仕方ない。俺の感覚でとりあえず葉二さんが好きそうなものを持っていこう、好きなものであれば今要らなくても後で困ることはないはずだ。そう決めて、冷えピタやポカリスエットの他に、アメリカにいたとき葉二がだいたい甘い物を携帯していた記憶から、チョコやプリンを買い込んだ。

葉二の部屋は二〇四号室と聞いている。二〇四、二〇四、と頭の中で唱えながら、両手にコンビニの袋を提げて階段を上がる。並ぶ部屋番号を一つ一つ確認して歩いていくと、二階の突き当たりに葉二の部屋を見つけた。見れば、ドアの前に先客がいる。

——あれって。

「『潤さん』じゃん」

仕事を抜けてきたのか、スーツ姿の潤一が、スマートフォンだけを片手に突っ立っていた。もしかしたら、今から電話を掛けようとしていたのかも知れない。

朝日に名前を呼ばれて、潤一が振り向いた。近くで見たのは初めてだが、線の細い、綺麗な顔の男だった。

「あ」

普通に名前呼んじゃったな、と思う朝日をよそに、潤一は眉一つ動かさずに朝日の顔を見つめて言った。

「あー。俺、お前のことたぶん知ってるよ。葉二が言ってた、『元ヤン坊主』」

真顔で淡々と話す奴だ。美術系の奴にこういう手合いは多いよな、と思う。まったく目が合わないか、居心地が悪くなるほどじっと人の顔を見つめて話す奴の二極化だ。潤一は、後者のようだった。

「葉二さん、俺のことそんな風に言ってんだな」

「うん。悪くは言ってなかったよ」

「そんで、あんたは？　お見舞いに来たわけ？　随分忙しいって聞いてたけど」

敵意を隠さずに言うと、潤一はどこ吹く風の顔で答えた。

「あいつ風邪引いたの、たぶん俺のせいだから…」

「は？」

マウントを取られた、と思った。

葉二と朝日の間に何かあるのを、薄々は知っていそうな口ぶりだった。だったら話は早い、と思い、単刀直入に尋ねた。

「何？　なんかあったの？」

「まあ…」

「ちゃんと言えよ。あんたが半端な態度でいるから葉二さんはいつまで経ってもメソメソしてる、分かんないのか？」

「だとしても、赤の他人のお前にいちいち事情を説明する必要なんてないじゃん。俺たちの問題なのに」

赤の他人、というフレーズ程度で俺を牽制できると思っているのなら、大間違いだと思った。甘い。そんなことで引き下がるほどの根性ならこんなことにはなっていない。

「赤の他人じゃない。葉二さんが体調崩して仕事休んで俺がここに来ることになってる時点で、もうあんたらだけの問題じゃないんだよ」

いい加減にしろよ、と吐き捨てるように言うと、潤一は怯む様子こそ見せなかったが、細くため息をついて、視線を斜め下に落とした。

「俺の浮気が葉二にバレた」

と、潤一はあけすけな言い方をした。

「あ？」

「この前のみぞれの日、俺の最寄り駅でなぜかあいつが待ってて、たまたま俺が――別の奴と一緒に帰って来て、改札でキスしたとこ、見られてた」

ぽつん、ぽつんと、水滴の落ちるように喋る奴だった。例えば、今日は天気がいいことと、あの絵が綺麗だということと、財布を落としたということと、好きな人を裏切ったという話を、全部同じ、この調子で話すのだろう。

「まあ、なんかあったんだろうね。あいつが無理やり会いに来るのって、だいたい何か、動揺するようなことがあって、自信をなくしたとき」

何があったのかまでは聞かなかったけど、と、やはり水の滴るように静かに言って、潤一は手に持っていたスマートフォンの角を指先でなぞった。

言外に、お前のこと知ってるよ、という当て付けをされているのが分かった。あいつにそんな揺さぶりを掛けたお前が何かを言えた義理じゃないと、潤一は朝日を責めているのだった。

「キスしたの見られて、好きな人かって聞かれて、そうだって答えたら泣いてた。そのままあいつ、傘も差さないでどっか行っちゃった。それで分かりやすく風邪引いた。だから俺のせい。それでお見舞いに来た」

潤一は出来事を淡々と話しているだけなのに、まるで映像でも見ているみたいに、そのときの葉二の様子が分かって、目の前がチカチカした。眉間に皺が寄るのを感じる。

「帰れよ」

ぱっと見て、こんな細い腕、簡単に折れると思った。提げていたコンビニの袋を足元に放り出した朝日は、潤一をドアの前からどかそうとして、力任せに腕を掴んだ。

「葉二のこと、何も知らないくせに」

思いのほか鋭い声が返ってきて、朝日は一瞬固まった。

「留学先で会ったんだっけ？　なんかずっとあいつの周りをうろちょろしてるみたいだけど、何が面白いの？　俺お前のこと知ってるよ。葉二が嬉しそうに話すから。あいつおまえのこと好きなんだ。でもそれは、おまえがあいつのこと何も知らないから」

あいつのこと何も知らないから、という一言は、意味不明なようでいて腑に落ちた。

葉二は、自分を見られるのがつらいと言った。本音を見透かされるのが怖い。自分の正体を知られるのが怖い。そういう自己肯定感の低い人間は、なるほど、相手が「自分のことを知らない」という事実に救われるのかも知れなかった。

「お前みたいな、コンプレックスの欠片もない人間に、俺やあいつのことは一生理解できない。物珍しくてまとわりついてるのか、それとも単に、あいつのセルフプロデュースしてる『明るい優しい』キャラに吸い寄せられてるのか、どういうつもりなのかは知らないけど」

ああ、この潤一ってやつは俺のことが心底嫌いなんだな、と、朝日はそのとき初めて気付いた。

「まあ、せっかく会ったから教えてやるよ。葉二、大学一浪してるだろ。あいつの最大のコンプレックスってそれなんだ。あいつ、勉強できるし要領もいいのに、何でって思わなかった?」

それはずっと思っていた。葉二はブランド名にこだわって高望みして一浪するよりも、安パイでそこそこの私大に落ち着くようなタイプだ。何か事情があったのだろうと思ってはいたが、葉二が一度も話題に出さなかったので、聞く機会を得られなかったのだ。

「美大入ろうとしてたんだよ、あいつ。本当は、絵がやりたかったんだ。受験に失敗したあと自分の才能に見切りをつけて、一般大学に入った。俺はもう一回頑張ればって言ったけど、頑張る自信ないって言ってた。そこまで全てを懸けられるほどには、たぶん絵好きじゃないんだって。まあ、けど、いくらでもあるでしょ、そういうことって」

きっと、美大に落ちた、という事実ではなくて、好きなものを諦めたという挫折の体験が、今でも記憶の底から、葉二の足を引っ張って離さないのだ。自分自身を見限った人間は、そう簡単に自分のことを許してやれない。

「可哀想な奴なんだよ。お前が思ってるよりも。なんでかあいつは、高校の頃からずっと俺のことを天才みたいに思ってる。たぶん、俺の中に自分の理想みたいなものを勝手に見出してて、ずっとヒーローに憧れる子供みたいに俺のことが大好きなんだ。コンプレックスの裏返しで、俺に振り向かれると、自分の手の届かなかった才能に振り向かれたみたいに思えるんだろうね」

そうやって、自分で自分にかけた魔法だか呪いだか分からない何かから、ずっとずっと自由になれないでいる。

「朝日、て名前で合ってる？」

沈黙を肯定と受け取ったらしい潤一は、じっと朝日の顔を見て、「名前の通り、ほんとに朝の光みたいな奴だな」と言った。

「お前が俺の代わりになるとはとても思わないし、かといって葉二のコンプレックスを救えるとも思わない。いるだけ邪魔なんだよ」

「じゃあ、アンタは何のために葉二さんのそばにいるわけ？」

潤一の口ぶりからは、葉二のコンプレックスを少しでも軽くしてやろうとか、ちょっとでも一緒に楽しく生きようとか思っている様子は一切感じられなかった。むしろ、葉二のコンプレックスの象徴でいることを是として、自分のそばに縛り付けようとしているように見えた。

「なんでかな。さすがにそれを他人に聞かれたのは初めてだ」

本当に今まで考えたことがなかったのかもしれない。潤一は沈黙してから、唐突に朝日の顔を見上げて言った。

「俺、コミュ障だからかも」

驚いたことに、潤一はほんの少し口角を上げて笑っていた。

「俺にとって、葉二って『世間』なんだ。あいつに好かれてると、世の中に認められて受け入れられてる気分になるね」

「は？」

「葉二は、いろんな人間に好かれるから。たまにそれが苦しくなることもあるけど」

需要と供給が噛み合ってる、と、潤一はきっぱりと言った。

「ソレ、本気で言ってんの」

つま先から頭まで、血管の中の血という血が煮えくり返るような怒りを覚えて、頭の芯がぐらぐらと揺れた。

葉二のことを、「世間」だと言った。「需要と供給」だと言った。「世間」の象徴である葉二から執着されることで自己肯定感を得ていると、あるいは葉二のような他人に好かれる人間をそばに置いて自己憐憫を加速させる装置にしていると、自覚した上ではっきりと口に出した。

「葉二さんのこと何だと思ってんだ」

駄目だ。絶対に駄目だ。こいつだけは絶対に駄目だ。

「お前みたいなろくでもない人間がこの世でいちばん気に食わねーよ」

何もかもがバカバカしくなった。「良い子」なんてやめだ。どうでもいい。

「葉二さんの前から消えろ」

と、歯を剥き出して唸って、シャツの胸倉を掴み上げた。

そのとき、壁の向こうからかすかな物音がして、間の抜けた軽い軋みを立ててドアが開いた。

「あの〜…すいません、俺んちの前で騒ぐのやめ……って、え⁉」

死人みたいな顔をした葉二がドアの隙間から顔を出し、それから、目の前の状況を把握すると、もともと大きい目をさらに大きく見開いて、もう一度声を上げた。

「は⁉　朝日…潤さん⁇　え、何？　どういう状況？」

スウェット姿にボサボサ頭の病人、仕事用スーツ姿の社会人、地元のヤンキーにしか見えない隣町のお坊さんが一同に会している謎の構図に葉二が困惑している様子が不憫だ。

潤一の動じなさに朝日は苛立った。潤一は、朝日の手に胸倉を掴まれたまま ちらりと葉二の方を見て、それから、朝日の手首を掴む。女みたいに細い指先だった。

「さすが葉二、風邪っぴきひとつでこんなに心配して飛んで来てくれるお友達がお前にはいくらでもいるんだな」

表情を変えず、でもはっきりとした悪意を滲ませて潤一は言った。

「え…」

起き抜けに、わけもわからないまま傷付けられた葉二は固まった。

「んな言い方ねえだろ」

「殴れば？　元ヤンなんだろ。今の様子じゃ『元』なのかどうかも怪しいけど」

目を見て吐き捨てた潤一に、朝日は分かりやすく煽られた。もういいや、と思った。葉二さんの前だろうが関係ない。善人面も約束も知ったこっちゃない。今ここでこいつを殴らなかったら、俺は死ぬまで後悔する。殺してやる。

怒りで視界が真っ白に消し飛びかけた瞬間、耳慣れない怒鳴り声が飛んだ。

「殴るな朝日！」

無意識の条件反射で、握ったままの拳をピタリと止めた。

「バカ！」

目を白黒させて、ぜえぜえ言いながら葉二は続けて声を張った。

「こら、俺との約束忘れたのかよ！」

続けざまに飛んできた言葉に、朝日は驚いた。潤一も驚いているようだった。

この場面で、葉二が、朝日の方しか見ていなかったから。

「返事は！」

「あの…はい」

朝日が呆気に取られて攻撃性をなくしたのを見ると、葉二はテンパった顔のまま、大きく息を吸って吐いた。

「朝日。手を放せ」

「ハイ…」

朝日が従順に返事をし、言われた通りにしたのを見てから、ようやく葉二は潤一の方を見て、頭を下げた。

「潤さん、俺も大声出してすみません」

はっきりとした、落ち着いた声だった。

葉二の様子を見た潤一は、何かもの言いたげに目を細めてから、すっと視線を逸らした。

「こんなに甲斐甲斐しく世話焼いてくれる友達いるなら、俺はいいよね」

「あ、潤さん…！」

そのまま振り返りもせずに、潤一は行ってしまった。

「………」

「………」

無言になって、気まずい沈黙のままお互いの顔を凝視し合ったあと、先に葉二がペースを取り戻してため息をついた。

「はあ。とりあえず上がってよ。それ、俺にお見舞い持ってきてくれたんだろ？」

傍らに放り出していたコンビニの袋二つを葉二が顎の先で示して、それでやっと、自分がお見舞いに来ていたことを思い出した。

「そういえばそうだった」

「ふ」

力の抜けた顔で笑われて、朝日は急に、叱られた子供みたいな気持ちになった。


葉二の部屋は意外なほど物が少なくて、なんだか引っ越し前の人間が住む部屋のようだった。テレビもあるにはあるが、全然見る習慣がないのか、コンセントが抜かれて輪ゴムでまとめられている。

「お前、こんなに買ってきたの？　袋二つあるじゃん」

「…何がどのくらい必要なのか分かんなかったから」

俺風邪引かないし、と言い訳のように言うと、葉二は「はは」と小声で笑って、熱が出ているのか、ふわふわした顔のまま朝日の横に来てすとんと座った。

「うん。ありがとう朝日」

シンプルにそう言われて、叱られた子供のままだった心が緩んで、泣きたい気持ちになった。

「美大に行きたかったって本当？」

もっと先に言うべきことはいくらでもあっただろうが、思案して言葉を紡ぐ余裕がなくて、いちばん気になっていたことをそのまま聞いてしまった。

「本当だよ」

「諦めたくなかった？」

「…どうかな。そうなのかも知れない」

「かも知れないって…」

「あんまりそのことについては考えないようにしてたから」

どうして俺は今まで、この人の中にそういう別のレイヤーが存在していることに気付かなかったのだろうと思った。

「潤さんはね、特別なんだよ」

朝日の買ってきた袋の中から、お茶を引っ張り出しながら葉二は言った。

「初めて出会ったときから、俺が欲しいもの、何でも持ってる人だった。かっこよかった。たぶん心のどこかで俺が死ぬまで手に入れられないって分かってるものが、人の皮を被って存在してる、そういう感じ」

「それって…」

「俺はたぶん、潤さんになりたいんだよな。だから潤さんが振り向いてくれると、なりたかった自分に少しだけ近付いたような気がする」

葉二の言っていることは、理解できた。でも、それが恋や愛である必要があるのかどうかは、まったく分からなかったし、納得もできなかった。

「でも、そんなのただの錯覚だって、ちゃんと心の底では分かってたから。だからずっと苦しかった」

ペットボトルを持ったまま、膝を抱えるようにして葉二は背を丸めた。

「どうしたら苦しくなくなるのか分からなくて、その答えを俺、あろうことか潤さん自身に聞こうとしてたんだよな。答えを貰おうとしてたの。とんでもないバカなんだけど。こんな風になってみて、ようやくそのことが分かった」

ねえ、葉二さん。

口には出さずに、心の中でそう話しかけた。

それは、恋なんかじゃないよ。だって、ずっと変だと思っていた。明るいものや楽しいこと、優しい人間が好きな葉二さんが、なんであえてあんな、そばにいる人間まで窒息させるほどの拗れた人間に執着しているのか、不思議で仕方なかった。

今まで葉二さんのことばかりを考えてきた俺の目には、ずっとそこだけが不自然で、腑に落ちなかった。

あいつが、「需要と供給」と言ったのは、間違ってはいなかったのかもしれない。こういう関係に、「共依存」という少し難しい名前が付いていることを、俺は知っている。

自分の諦めた世界と持ち得なかった才能への執心。それは葉二さんの中で、どうしても消し難いものだったんだ。たしかに、それでもなんとか前に進むために、あの人の存在が必要だったんだろう。

分かるよ。でも、葉二さん。もういいでしょ。たぶん、その段階はもうとっくに通りすぎていて、ちゃんと前に進んでいる。かつて必要としたものが、今はその足をずっと引っ張っている。俺の目にはそういう風にしか見えない。

『だから、絶対あんな奴やめろ。あの人と付き合ってていいことなんか、もう葉二さんにはひとつもない』

言いたいことはいくらでもあった。今ここで全てを言い募りたかったが、朝日はいったん、それらの言葉を心の奥底にしまい込んだ。いい加減に、大人になろうと思ったから。

今の今、短絡的になって葉二との約束すら忘れて、ふたたび他人に暴力を振るおうとした自分に、何も言う資格はないと思った。俺はガキだ。はっきりそう思った。このままじゃ、潤一に言われたとおりの、葉二を慕って周りをうろちょろしている年下のガキでしかない。自分の気持ちを押し付けるばかりの関係からは、いい加減にもう脱却したい。一緒にいたいなら、この人のために成長しなきゃならない。

独りよがりではない、「この人のため」が出来るようになりたかった。

答えを一方的に突き付けるのではなくて、考えを整理して、自分で納得する時間を、葉二が確保できるようにすること。それが自分に出来る最善で、たった今するべきことに違いなかった。

「だから、今は」

無理をして熱が上がってきたのか、手にうまく力が入っていない様子の葉二に、ペットボトルの蓋を開けてやった。

「まずはよく寝て、葉二さん。大事なことは健康な頭と身体で考えた方がいい。俺はそのために来たんだし」

冷えピタを大量に買ってきておいて良かった。ボサボサの前髪を指先で掻き分けて、おでこを触ると、葉二はされるがままになりながら、脱力して目を伏せた。

「心配なことは全部俺に預けてよ。怖いことも、悔しいことも、寂しさも悲しさも全部、葉二さんが上手く手放せないの、知ってるから」

だから今度は、俺が必要だって言ってくれ。

「葉二さんが元気になって、自分で向き合えるようになるまで、ちゃんと全部俺がもっとくから」

俺の見えるとこで、何もしないで朝まで寝てて。

◇

年末だろうが正月だろうが、関係なく人間は死ぬ。

よって、葉二たちの仕事には年末も正月もない。かつては本当に年末年始の概念なんて存在しなかったらしいが、昨今は葬儀業界でも世間の人達の仕事が始まった頃に数日の連休を取ることが義務付けられている。葉二の会社も、一月のどこかしらで三連休を取るというルールが二年前に制定されたらしい。

「そうなんですか。俺どうせ実家には帰らないし、別に正月休みいらないですよ」

それより、その三連休を分散させて普通の休日を増やしたい、と言ったら、「そういう決まりだから…」と小澤先輩に一言で返された。そういうものなのか。人の死にもコンプライアンスがついて回る時代らしい。葬儀屋も会社なんだなあ、と今さらのことを思いながら、葉二は年末年始の怒涛の夜勤シフトを確認した。

「年末年始、葬式はまだ全然マシな方だ。仏壇屋と墓の方がたぶん忙しい……まあ、仕方ないよな……帰省したときでもなきゃ、墓参りなんてしないだろ、荻原だって」

死人よりも死人に近い顔をしている小澤先輩は、喋りながら、所長の机でお客さんから預かった春日灯籠の修理に躍起になっていた。所長が商談でお客さんの家を訪問したとき、なんらかのトラブルがあって壊したらしい。

責任持って無償修理しますと勝手にお客さんに言い置き持って帰ってくると、所長はそれを葉二と小澤先輩に預けて、「明後日までになんとかしといてくれ」の一言でどこかに姿を消した。大体いつもそんな感じだ。

葬儀社で働いているような人間というのは案外、小澤先輩みたいなのは特例で、そういう手合いが多いのである。ヤンキー上がりみたいなアングラな奴と、世間知らずの新卒。業界にいる人種は大概その二つに大別されるから、現場はどこも体育会系のワンマンになりがちだった。

特に、葉二たちの会社はベンチャー気質である。したがって、ゴリゴリの体育会系と「何か新しいことを」と息巻く新卒には非常に都合がいい環境だ。ヤンキー上がりのアングラとやる気のある世間知らずの新卒は共通して体育会系の素質を持っているので、得てして相性が良い。新入社員が先輩を真似るうちに、ヤンキーのような作法を身に付けてしまう場合も多いのだ。

　だから、顧客と直接接する営業担当の奴以外は、よくよく電話対応を聞いていると、言葉遣いや態度が社会人として若干アレなこともある。

　その日、葉二に内線を掛けてきたのも、まさに「アレ」な葬儀屋のお手本みたいな人間だった。営業部ではなくて、珍しく総務からの内線電話が鳴った。

「はいどうも……お疲れ様です。新宿会館、小澤です」

　ヒマな夜勤でテキストを読み飽きていた葉二と、春日灯籠の部品にやすりをかける作業にウンザリしていた小澤先輩で速取りバトルになり、小澤先輩が勝った。

「え？　ええと、まあ…はい」

　小澤先輩が、いつもの幽霊みたいな顔ではなく営業モードでもない、神妙な顔付きになり、ちらりと葉二の方を見た。

「なんですか？」

　テキストを伏せた葉二は、受話器を差し出されるよりも先に、手のひらを上に向けて小澤先輩の方に出した。

「総務の福沢（ふくざわ）さんから」

「フタオさんですか？」

「いや尚吉（なおきち）の方。明善寺さんの担当いるかって」

「え…」

話したことのない人だ。福沢尚吉というのは確か、店舗開発の部署にいる、めでたそうな名前とは裏腹の、凶悪な風貌の中途入社組の人じゃなかったか。

なんか変な噂が流れてたらどうしよう、心当たりしかない。と頭上に嫌な妄想をいくつも膨らませながら電話を取ると、割れ鐘のような声が響いて飛び上がった。

「お前ェ、明善寺と仲良いんだってなァ」

「はい…？」

一言目から不安のど真ん中を突く電話に、辻斬りに遭ったような心持ちになって声が裏返ったが、どうも葉二の予想とは異なる話のようだった。

「なんか聞いてっかァ？」

「え、なんかって、どういう意味ですか？」

ピンと来てないのが丸出しの応答をすると、電話の向こうからは、苛立ったような遠慮のないため息が聞こえてきた。

「担当ならちゃんと見とけやァ！　夜逃げすんぞあの寺ァ」

「は？」

何を言われているのか分からず、受話器を持ったまま小澤先輩の顔を見た。

福沢尚吉の声はスピーカーにしていなくても小澤先輩にもちゃんと聞こえたらしい。先輩は、眉をひそめて、電話を代わるように葉二に向かってジェスチャーした。

「あの、すみません。お電話代わりました。小澤です。荻原は新人なので、まだそういう業界の噂話には詳しくないです。明善寺さんの計画倒産の話は私も聞いたことありますが……」

途中で尚吉が大声で何かを言ったが、葉二にはうまく聞き取れなかった。

「ええ。そうですね。墓埋法が制定される前から地元に根付いてるような古いお寺だと、確かにそういうこともあるんですよ。この前、ウチの会社が岡山の方でお墓の紹介した寺が夜逃げして、大クレームになった件あったでしょう。あれと同じようなことですよ」

だんだんと話の筋が見えてきて、葉二はそばで電話を盗み聞きしながら、心臓が急激に冷えてくるのを感じていた。

「でも明善寺さんは築地本願寺の系列の由緒正しいお寺さんなので、今日明日にどうこうってことはないはずです……どこからそんな噂が入ってきたんでしょうか」

幽霊モードでも営業モードでもない新バージョンの小澤先輩は、割れ鐘みたいなドラ声のヤクザじみたおじさんを相手に、あくまで淡々と事実確認をしていた。

「あー…そういうことですか。だいたい分かりました。同じ浄土真宗でも、京都の方の本願寺系と築地本願寺系は仲が悪いんですよ。何か揉めているのかも知れません。明善寺さん、当代のご住職はまあ…色んな話のある人ですから…」

明善寺の当代のご住職、というのはつまり、朝日の父親のことだ。

「ええ。分かりました。こちらでも確認して、なにか新しいことが分かればすぐに連絡しますから。はい、はい。そうですね。ではまた」

音もなく受話器を置くと、小澤先輩は回転椅子ごとぐりんと葉二を振り返った。そしていつの間にか、また幽霊モードに戻っていきさつを説明した。

「本当かどうか分からないけど…明善寺さんに、計画倒産の話があるみたいだな。実は初めてじゃなくて、何年か前にも同じ噂が立ったことがある……まあ、このご時世、全然珍しい話ではないんだけど……」

檀家離れとか、よく聞くでしょ、と、小澤先輩は続けた。

「お寺だって、営業形態が違うだけで…普通の会社と同じだからね。学閥も、政治も、民間も、宗教も、人間が人間のためにやる限り、どこだって事情は同じだ。派閥が生まれて、その中でうまくやりくりしなくちゃ、行き詰まってしまう……でも、普通の会社と違って、法律で、やっちゃいけないことがたくさんある…難しいんだ、宗教ては、本当…」

「でも、あんなに由緒正しい大きいお寺なのに」

「だからこそ…じゃないか？　門徒を三桁抱えてて、仕事は多いから家族経営では成り立たないけど、組織の力を借りなくてもぎりぎり成り立ってしまう…そういうところが、本当はいちばん危ないんだよ」

まだ業界の事情に詳しいとは言い難い葉二も、なんとなく小澤先輩の言うことは理解出来た。でも、腑に落ちなかった。まるでその言い方では、小澤先輩は計画倒産の噂が本当だと思っているように聞こえたからだ。

「今、夜の八時半……お寺はとっくに閉まってる時間だけど」

壁の時計を見て、それから机の上のスマートフォン、続けて、小澤先輩の顔を見た。

「あの、先輩……」

「あー…いいよ。行って来れば？　ご住職じゃなくて息子くんの方だろ？」

「はい…」

「まあ、今日はそこまで寒い夜でもないし…そんなにいっぱい死なないでしょ……」

葬儀屋じみた言い回しをして、小澤先輩はひとり頷いた。

「もし複数死んだ場合には、電話するから…病院直行してね」

「分かりました」

ああ、俺って葬儀屋なんだなあ、と葉二は漠然と思った。

どんな宗教も、元をただせば貧乏と理不尽を耐えしのぐために生まれたものだと、朝日は前に言っていた。

「でも、その宗教も、貧乏と理不尽によって滅びる」

思わず心に浮かんだことを口に出しながら、夜の闇にすっぽりと呑まれた寺町通りを歩いていた。「そんなに寒い夜でもないし」という、小澤先輩の言葉は嘘だ。駅から寺町通りへの少しの距離を歩いている途中で、雪がちらつき始めた。お寺はどこも朝が早い分、夕方の五時過ぎには閉まるから、明かりもほとんどなくて、駅前からそう離れていない場所なのにやたらと暗く感じる。

薄雲のかかった月がやけに大きく感じて、月明かりって本当はこんなに明るいものなんだなと知った。この寺町通りができた江戸時代、この道を歩いた人は、もっともっと月は大きくて明るく感じただろうと思う。孤独な道を、誰かに会うために、一人身をこごめて歩く。そのとき、きっと行く先を照らしている月の明かりは、唯一の味方みたいに思えていたはずだ。

夜逃げ、という福沢尚吉の言い方には語弊があるが、計画倒産の上、夜逃げする寺の事例があるのは本当だ。

「計画倒産」というのは厳密には法律用語ではなくて、計画倒産罪という名前の罪も存在しない。事業が悪化してしまい、倒産を免れなくなったときに、会社の資産をそのまま、あるいは換金して優先的に処理したい債務に充てるというような、一定の計画を立てて事態を迎えることは、経営判断としては別に間違っていないから、罪ではない。ただし、倒産を隠して借入をし、一切返済せずに倒産すると罪になる。要は後ろ暗いやりくりを隠せば法律に触れるということ。

そういう噂が、何年か前にも明善寺にはあったという。そしてまた似たような話が、京都の西本願寺派を通じて浮上したのだ。つまり、割と大きな話なのだろう。世の中に数ある葬儀社の中のひとつの、末端の部署の、入社一年目のぺーぺーの新卒のデスクまで届くほどには。

「そんな話、朝日は今まで、一言も言ってなかったのに…」

何の前触れもなくそんな話を聞かされて、はいそうですかと思えるほど、朝日と浅い関係だったとは、思わないのだが。

そう思って、ここしばらくのことを思い返している間に、ふと脳裏に粘っこい声が蘇って、葉二は思わずその場に立ち竦んだ。

『まあ、もう時間の問題ですわな。お父さんによろしく』

なんだ今の台詞は。唐突に脳裏をよぎった声を頭の中に探して、映画のフィルムがものすごいスピードで巻き戻るように、八月の京都のシーンまでたどり着いた。

呼吸もしづらいほどの湿気と、目に痛いほどの花や木や空の毒々しい彩度の高さ。乾いた坂道の先に揺れる陽炎。風のない、京都の夏。

『さすがにしっかりしたはるわ』

朝日の父親のおつかいで、門徒の家を訪ねたときだった。目の前で、葉二には分からない会話の応酬をしたあと、和服姿の年齢不詳の女の人が、分厚く膨らんだ風呂敷を朝日に手渡していた。

『子供や思っとったわけやあらしまへんけど、も少しええ商売さしてもらえると思ってましたわあ。見張りまで連れてきて、まあ』

『そりゃどうも。でも、そういう露骨な言い方やめた方がいいですよ』

そうか。と思った。

あれは、そういうやりとりだったのだ。たぶん、朝日の父親が京都と揉めているのは本当で、資金繰りに行き詰まっているのも本当で、それにまつわる後ろ暗い交渉を、揉めた張本人である朝日の父親が表に出るわけに行かず、息子の朝日に丸投げして向かわせた。あれはそういうシーンだったに違いない。

そして、何かあったときのために、朝日はその場の証人として、事情を知らない第三者である葉二を連れて行った。


門の前まで辿り着くと、切れかけて点滅する街灯のそばに朝日が立っていた。何かやり途中の仕事があったのか、深い藍色の作務衣姿で、上には何も着ずに、手の中のスマートフォンを覗き込んでいた。

雪の降る月夜、道の先に立っている朝日を見て、なんて綺麗な男なんだろう、と頭の片隅で葉二は思った。

「俺はさあ、証人だったんでしょ。あの京都のとき」

「葉二さん……」

「朝日、なんで何も言わなかったの。俺怒ってるからな」

朝日はいつになく弱った表情で、葉二を振り返った。叱られた子供みたいな顔をすると、朝日が初めてはっきりと年下の男に見えて、胸の奥が痛んだ。

「うん。葉二さんの言う通りだよ。家の揉め事の調停に行くのに、葉二さんを証人として連れてった。利用するような真似して、ごめん……」

朝日はそう言って頭を下げた。見当外れの謝罪を受けて、葉二は思わず雰囲気もへったくれもない素っ頓狂な声を上げた。

「は？　そっち⁉」

「え？」

半ギレの声で聞いた葉二に、朝日は半端に屈んだ姿勢のまま、上目遣いに葉二の顔を見上げた。

「いやいやいや、何？『え？』はこっちの台詞だよ！　俺を利用って何？　どうでもいいんだよそんなの！　ていうか、利用されたなんて全然……？　思わないし……⁉　いや、たとえお前にそのつもりがあったとしてもだよ、この世の闇の凝縮みたいな、あんな場所でお前の役に立てて普通～～に本望だよ！　俺は！」

「えっ……え？」

「俺が怒ってんのはそっちじゃねーよ！　朝日お前バカなの？　計画倒産がどうのとか、親父のトラブルとか、それに巻き込まれてるとか……家の存続の危機だなんて、なんでそういう大事なこと、一つも話してくれなかったんだよ！」

　メロスは激怒した。

　いや、冗談ではなくて、葉二は本気で怒っていた。葉二の勢いに朝日が驚いてタジタジになっているというのは出会って初めての展開だが、その面白さを味わう余裕もなく、葉二は怒り心頭だった。

「朝日のバカ！　なんでそんな大変なこと、何も相談してくれなかったわけ」

　朝日を塀に追い詰めて言い募ると、何度かまばたきをし、息をするのを思い出したような顔で大きく息を吐いた。

「だって、俺、別に良かったから」

「なに？」

「前も言ったけど、俺は別に寺の仕事に執着ないし……親父のせいで家が潰れたら、それはそれでいい気味だ、くらいに思ってたから」

「そんなの…」

「ていうか、葉二さんがしんどそうなときに、余計なこと言って……面倒くさいと思われたくなかった」

決まり悪そうに本音を白状した朝日は、悪事がバレて先生に怒られている中学生のような仕草で目を逸らした。

「……俺、嬉しくないよ、その台詞」

「分かってるけど…」

「いや、嘘。分かってない。絶対。お前はなんも分かってないよ」

そこまで強く断言されてさすがにムッとしたのか、朝日が顔を上げて何ごとか言い返そうとした。それを無理やり遮って、葉二はさらに言い募った。

「俺、葬儀屋になったばっかりのとき、毎日葬儀屋なんて辞めたいと思ってた。辞めて就職し直すか、異動希望出せるまで待つか、悩んでるうちに朝日に会った。お前と一緒に仕事してるうちに、何であんなに辞めたかったのかなんて、もう忘れちゃったよ。だってお前、かっこいいんだもん。坊さんしてるときのお前、世界一綺麗だもん」

口を半開きにして、朝日は葉二の顔を凝視していた。

本当の本気で思いもよらないことを聞かされているとき、人はこういう顔になるんだなと思いながら、葉二は少し落ち着きを取り戻して言葉を継いだ。

「俺、葬式っていい行事だなって思ったよ。本当に今はそう思ってる。もうちょっと葬儀屋やってこうって思ったよ。俺にこの世界をいいと思わせた自分の仕事、大事じゃないなんて、当のお前に言われるの、ムカつくよ」

そこまで言い切って、葉二は、朝日の片手をスマートフォンごと力任せに握りしめた。

「実家で嫌な思いいっぱいして、自分の家が嫌いなお前の気持ちを考えると、お前の言うことは仕方ないと思うよ。でも俺は俺の立場で、極めて個人的な希望と欲望から、お前にはもう少し坊さんをやってもらいたい」

「え、あの……」

「だから悪いけど、絶対にお前の実家を守らせてもらう」

ポカンと呆気にとられたような顔の朝日に向かってそう宣言すると、葉二は踵を返した。

寒さでかじかんだ指先で、コートのポケットの中からスマートフォンを引っ張り出す。自分の人生の中でかつてないほど、頭が爆速で回転し始めているのを感じた。

この状況で、最初に連絡すべき人間は、ただ一人。

◇

三枚重ねにした「ガリバタ醤油カルビ」をひとまとめに口に突っ込んで、和泉は口の中で唸り声を上げた。

「うめ〜〜〜！　人の金で食う焼肉！」

「でしょうね！」

「てゆーか、もう風邪治ったん？　なんか随分死んでたみたいだったけど」

「もうとっくに治ってる」

つーか今は俺の体調どころではない、と、葉二もやけくそに石焼きビビンバを口に詰め込みながら言った。

「ああ。そーね、ディカプリオの実家の危機だもんな」

「ディカプリオって何」

「え、朝日くん似てない？　タイタニックのときのディカプリオ。写真見た感じ」

「はあ？　似てねーーよやめろ」

「そうかなあ」

わざとらしく頬っぺたを掻きながら、和泉はすっとぼけた顔で口をすぼめた。

「『てゆーかディカプリオより朝日の方がかっこよくない？』」

「…!?」

「って、今思わなかった？　葉ちゃん」

「お、お、思ってない…！　勝手に変なアテレコすんのやめてくれる？」

「んな動揺しなさんなって」

腹を抱えて爆笑しながら言うと、食うだけ食ってようやく本題に入る気持ちになったのか、和泉はいったん箸を置いた。

「そんで、王子様のご実家の件ですけども」

「うん」

「俺に良くしてくれてる上司がね、ビジネス・レンディングに口を利いてくれた。明日担当してくれる人と会ってくるよ」

王子様、と朝日のことを呼んだのは聞き捨てならなかったが、突っ込む前に、和泉が結論を言ってくれたので、不届きな呼び名のことは即吹っ飛んだ。

ビジネス・レンディングは、和泉の銀行の企業向け融資部門だ。新しい事業を始める法人に融資をしてくれる。通ればかなりの額の資金調達が可能だが、審査が厳しく、用意しなければならない会計情報や評価材料の資料が多い。素人では門前払いされそうな審査のところを、和泉が様々な人脈と知恵を駆使して、資料集めの段階から手伝ってくれた。そして明日、上司を通じて部門の担当者と話をしに行ってくれる。

「ほ、ほんと…⁉」

「ほんとだよー。ちゃんと融資してもらえると思うよ。よかったね、資金のツテが無事ついて」

「……！」

褒めて褒めてー、と、両手の人差し指で自分の頬っぺたを差し、気持ち悪いポーズでぶりっこした和泉を、葉二はテーブル越しに抱き締めた。

「ありがとう、和泉……！」

「おわ、危な！　うんうん、恩に着ろよー！」

「そんなこと自分で言う奴初めてだよ、さすが和泉」

褒めながらけなすと、和泉はうふふと笑った後で、葉二の首根っこを掴んで言った。

「ともかく、建つぜ、『納骨堂』」

「うん」

「あとは葉ちゃん。お前がうまくやるだけ」

間近で目を見て言われた力強い後押しの言葉に、葉二は思わず涙腺が緩んだ。

経営の傾いた明善寺の救済措置として、葉二が考えたのは「納骨堂」の建立だった。

納骨堂とは、近年多様化してきている墓地の形態のひとつ。建物の中にロッカー式にスペースを区切り、骨壺ごと収納する新型の墓だ。寺や民間の霊園と違って、先祖代々の墓という概念を気にする必要がなく、個人単位で収蔵ができる。墓の掃除も承継も必要がないから、特に墓地用地の限られている都心部では圧倒的な需要がある。

アミューズメントの会社や大手の仏壇屋など、色んな民間の業界が手を出しているものの、バックグラウンドのはっきりしない会社の運営する納骨堂は信用度が低い。「由緒ある寺が運営する納骨堂」というのは、信用度が高くなるのだ。

融資のツテを探すかたわら、葉二は半ば競合企業である大手仏壇屋「ナガタニ」の上層部の人間と勝手に飲みに行き、新規で納骨堂を作るから参入してもらえないかと打診をした。かなり強引なやり口になってしまったが、嫌な顔はされなかった。

葬儀社と寺だけの販売ではルートが弱いが、「ナガタニ」が代理販売に入ってくれるとなれば、段違いに物件の信用度が上がる。あとはネット上の墓所紹介サイトに登録し、色々な代理販売の会社と提携を組めばいい。

有能銀行マンのアイディアを借りながら、葉二は死に物狂いで段取りをつけた。カネは確保した。ルートも確保した。

「あとは、俺の会社を説得するだけ…」

胃が痛くなってきた……と、葉二が暗く据わった目をして呻くと、頭の上にチョップが下りてきた。

「おい。しっかりしろよ葉ちゃん。大丈夫、企画自体は普通に相当に有力だ。資金調達のバックさえ取れれば、大概の企画はどうにかなる」

「うう…」

「せっかくアメリカで痛い目見てから必死こいて磨いたプレゼン力、朝日のために活かしてやらんくてどーする」

その通りだ、と思った。

アメリカでプレゼンが下手だとコケにされても何も言い返せなくて、葉二をかばった朝日が結局他国の学生と揉めて喧嘩した。あんな優しい男に暴力沙汰を起こさせた。あの出来事から、葉二はプレゼンテーションのハウツー本を何冊も読み、ネットで有名なプレゼンテーターの動画を見まくり、ゼミのプレゼン担当を何度も買って出て、ユーチューバーにでもなるの？　と教授に聞かれるレベルに練習をした。その甲斐あって、激戦だった今の会社の面接にも受かった。話すのは相当に上手くなっているはずだ。

年明け第二週目の月曜日、葉二はガチガチに作り込んだ資料とパワーポイントの入ったＵＳＢを持って、本社に乗り込んだ。どんなに上手く喋ったって、資料が適当ではダメなのだ。なぜなら相手は海外の学生ではなくて、日本の会社員だから。文章が大好きな日本人には、「この件についてはデータをまとめてあるのでこの資料に目を通して下さい」ができなければいけない。

納骨堂の「の」の字にすら興味のなさそうな開発事業部のおじさんが五人。充分だ。絶対に説得して見せる。

「城西エリア新宿事業部、荻原葉二です。本日はよろしくお願い致します」

分かりやすいプレゼンテーションの三ヶ条、その一、フルネームを名乗る。

「納骨堂事業参入の提案について、少々お時間を頂きます」

その二、何について話すのか最初にはっきりと言うこと。

「三年間で××億円の売り上げ達成見込みの案件です。まずはこの写真をご覧ください」

その三、具体的な数字を端的に話すこと。いつまで、いくら、がなければ、この不景気な世の中、絶対に会社は動かない。

だんだんと、椅子に沈み込んでいたおじさんたちの背中が浮いて、手元の資料に意識が向き始めたのが分かった。若造のプレゼンになんて興味がなくても、売り上げの数字と「ナガタニ」参入の文字には目を覚ますのだ。

綿密に準備してきた資料も、プレゼンテーションの三か条も、適度な身振り手振りのパフォーマンスも、一つずつ歯車が組み合わさって、きちんと機能しているのが分かった。

そこからは、必死に、情熱的に話すことに執心した。きっかり四十分、無駄もなく不足もない時間と情報量のはずだ。

「では、ご質問などあればどうぞ」

そう言った瞬間、五人中四人の手が上がった。よし、と思った。心の中でガッツポーズした。絶対に勝てる。

俺の言葉がちゃんと届く。

人生で初めて感じるその手ごたえに、「朝日の実家のため」とはまた別の地平から湧いてくる情熱と、不思議な高揚感を覚えた。もしかして俺、今楽しいのかも知れない、と、心のずっと奥の方で、なんだかおかしくなりながら思った。

◇

「ではぁー、葉二くんの企画採用を祝しまして、乾杯〜！」

と、一人だけ既に酔っ払っている和泉を挟んで、葉二と朝日が遅れてグラスを上げた。

渋った朝日をむりやり引きずるようにして集合したのは、和泉の職場である虎ノ門にある、創作和食料理の個室居酒屋である。

果たして、葉二の死に物狂いの奔走は、本当に功を奏した。朝日の親父は渡りに舟といった調子で、何もかも葉二の会社とナガタニがやってくれるならと丸投げだ。早速段取りが組まれ、三月から納骨堂の建設が着工するらしい。使っていない古い蔵と、江戸時代から持て余している広大な竹林を潰して、大きな堂を作ることになった。

「でもさー、王子の親父さん乗り気で良かったじゃん」

「まあ…」

なぜ自分が王子と呼ばれているのか疑問に思っているだろうが、あまり自分が強いことを言える立場の人間じゃないという意識があるらしく、朝日は大人しく和泉の手に頭を撫でられていた。

「もうちょっと喜んでもいいんじゃないの～？　せっかく葉ちゃんが走り回ってくれたんだからさ」

初めて本物の朝日に会えてご機嫌に拍車の掛かっている和泉は、ウザ絡みの域に達し始めていたので、葉二はサラリーマン手刀スタイルで間に割り込んだ。

「こらこらこら、いーんだよ。朝日が頼んだんじゃなくて俺が勝手に動いたんだから」

顔をしかめて言うと、和泉は納得していない顔で「ええー」と抗議の声を上げた。

「ゆーて、この件について複雑な顔してるのって、王子と葉ちゃんの上司の人達だけじゃない？」

「ちょっと和泉、王子って呼ぶのやめろよ」

大恩人の和泉にはあまり頭が上がらないのだが、さすがにこうも恥ずかしいあだ名を連呼されたのでは朝日が可哀想だと思って、葉二は小声でたしなめた。

「なんで？　葉ちゃんの王子様だろ」

「ぶ……！」

こともなげに言いながらダシ巻き卵を箸で割っている和泉の横で、葉二はビールを噴き出した。

「うわ汚な。だって朝日くんマジで王子様みたいに可愛いよな、かっこいいし」

「…そーいうベタ褒めの仕方やめろよ」

「は～？　やきもち焼くなよ荻原くんてば」

頭に来て言い返そうとした葉二の口に、「あーん」と言いながら和泉が卵焼きを突っ込んだ。

「美味しいでしょ」

「ウン…」

そのバカ臭すぎるやりとりを黙って見守っていた朝日が、ふいに口を挟んだ。

「あの、上司が複雑な顔してるってどういう意味？　っすか？」

和泉に対しては敬語を使った方がいいと思っているのか、微妙な語尾になりながら朝日は尋ねた。

「あー、それね。要は悪目立ちしたわけ。だって、葉ちゃんてまだ一年目なわけじゃん。個人的な事情で勝手に企画立てて、勝手に動いて資金調達して、競合他社のお偉いさんとまで飲みに行ってさ、それって結構危ない橋渡ってるでしょ」

「……」

「こないだのプレゼンの時点で、実質もうすべての条件揃えちゃってて、お偉いさんたちがノーとは言えない状況に最初から持っていってたから。キャンセルしたら大手銀行と業界の大手仏壇屋の借りを作ることになってたわけだし、企画自体が良かったからいいものの」

恐ろしい奴だよ葉ちゃんは、と言って、和泉はグラスの中のハイボールを飲み干した。

「てか、正直、俺も葉ちゃんがこんな強引なことする奴だとは思ってなかった。大学の頃からの付き合いだし、たまに突拍子もないことすんのは知ってたけど」

感慨深そうに和泉は言っているが、実際のところ、確かに葉二は、今回のほぼ事後承諾的な企画について、上司に随分と詰められたのだった。お前がこれからの仕事で何をやっても「一年目で企画を押し通した例の若手」と呼ばれるようになるのだと圧を掛けられた。でも、それは朝日に言うべきことではない。

「え…葉二さん、なんて言われたの」

「別に…まあ普通のことだよ。『どんな事情があるにせよ、私情を仕事に持ち込むな』って。そりゃそーだけど、しょうがねーじゃん」

ナハハ…と笑ってそう言うと、和泉も「まあねえ」と半端に頷いた。

「こんな下心でお墓建ててちゃあ、葉ちゃんは極楽浄土には行けないでしょうねえ」

「なにを～」

「だって俺だったらこんな事情で建った墓に入りたくないもんねー。知らなかったら別にいいけど。『知らぬが仏』だよ、墓だけに！」

「和泉それ言いたいだけだろ」

酔いの回ってきた葉二も一緒になってゲラゲラ笑っていると、「ちょっと待って」と、笑顔の欠片すらもない朝日が会話に割って入った。

「なんで…」

「え？」

「なんでそこまですんの、葉二さん。前も散々言っただろ俺……俺は別に寺の仕事じゃなきゃ生きていけないわけじゃない。明日からサラリーマンやったっていいんだよ、本当に。葉二さんが自分の立場を犠牲にしてまで守ってもらうことなんかなかった…！」

朝日は、焦った顔をしてそう言い募った。

珍しくそんな風に葉二を責めた朝日の言いぐさに、一瞬驚いたあと、彼の言葉を咀嚼して、それから思考回路が吹き飛ぶほど怒り心頭になった。

「自分の仕事にいいかげん誇りを持てよ！」

血相を変えて怒鳴った葉二に、朝日も和泉も同じくらい呆気に取られていた。

「ちょ…葉ちゃん」

和泉が止めるのも耳に入らなくて、自分の怒鳴り声に触発されて、ぼろぼろと涙が出てきた。

「この前もだけど、なんでそんなに怒るの、葉二さん」

聞かれて、何でだろうと自分でも疑問に思った。

自分の人生を顧みて、こんな風に自分の怒りを表したことなんて、今までになかったかも知れない。潤一の浮気を知ったときですらも、こんな風に直球で怒ったり悲しんだりはしなかった。

葉二の怒鳴り声が、店員を呼び寄せてしまったらしい。

個室のドアがトントンとノックされて、追い詰められた小動物みたいになってしまった和泉が、慌てて弁解しに出て行った。

はらはらと泣きながら、葉二は「なんでこんなに怒っているんだろう」と酔いの回った頭でぼんやりと考えた。酔いが回ってはいるが、怒りは本物だった。

それから顔を上げると、まっすぐに朝日と目が合って、唐突に自分の心情を理解した。

「…怒鳴ったりして、ごめん」

「いや…」

「俺ね。俺…。朝日に、自分が怒ってるってこと、分かってほしかったんだと思う。俺の本音、分かってほしい。お前が自分の仕事についてどう思ってるかじゃなくて、俺がお前のこと、こんなにかっこいいと思ってるってことを、言いたくて言いたくてたまらなかった。今わかったけど、ただのわがままだ。こんなに心底、俺の話聞いてって思ったこと、人生でなかった気がするよ」

自分でそう理解すると、呆れ半分、面白い半分で笑いがこみ上げてきた。

バカじゃん俺、と笑いながら言うと、朝日がにこりともしないまま、何かが喉まで出かかったような顔をして自分を凝視していることに気付いた。

「何？　まだ何かあんの？」

「あのさ、葉二さん。なんか、それって――」

一度ためらいがちに言葉を切って、それから、朝日は隠していた重大な秘密を打ち明けるような顔で言った。

「葉二さんのそれって、まるで、俺のこと好きって言ってるみたいに聞こえるけど」

「は……」

言われた言葉に呆然として、数秒の間、葉二は固まってアホ面を晒した。

好き。俺が、朝日のことを。「好き」。好きって、どういう意味だ。俺の好きな人は潤さんのはずだ。

「……俺」

「待って。反射で答えないで、ちゃんと考えてよ」

まばたきもせずに目を見て言われて、朝日の目を見返した途端、頭の中でフィルムを再生するみたいに、記憶と感情がなだれ込んできた。

風邪を引いて、朝日と潤一がお見舞いに来てくれた日、どういうわけか知らないが、家の前で揉めていた二人を見て、真っ先に朝日のことが目に入った。

たぶん、雨の日の出来事のフォローに来てくれたのであろう潤一に対する嬉しさよりも朝日に会えたことの方が嬉しかった。そして、暴力沙汰になりかけている二人を見て、「潤さんが殴られるのを止めなければ」ではなくて、「朝日に人を殴らせてはいけない」と思ったのだった。

俺はあのとき、誰のために動いた？

失いたくないと思ったのは何だった？

この瞬間、お腹の底から風が吹き上がるみたいに、心を前へ前へと押し動かしている感情は何？

今ここで向き合わなかったら、きっと一生俺は先に進めない。目の前に見えている、透き通った明るい温かいなにかに背を向けながら「俺は可哀想だ」と己を憐れむ情けない自分から、ずっと変わることが出来ない。

恋に恋していただけ、なんてナンセンスなフレーズが、これほど使い古されてもまだ幾

多の恋愛の終わりに口にされるところを見ると、結局は、多くの人にとってしっくりくる表現なんだろうと思う。他人や自分の恋愛がうまくいかなかったとき、積み上げた時間そのものを否定して、見下したみたいにそう言う。でも、そうしなければ耐えられないことがあるのは分かる。あれは偽物の関係だったから終わったのだと、失っても取り返しのつかないものではないから大丈夫と自分を納得させて心を守る方法があると、知っている。

だけど、と、同時に思う。それならこの世に本物の恋っていったいいくつあって、本物と偽物の違いを、どれほどの人が見定めて恋愛しているだろう。恋に真偽があるとして、人の心は物じゃないから、本物から偽物へ変わったり、偽物から本物に変わることだってあるはずだ。

本物だったら幸せで、偽物だったら不幸なの？　たまたま最後まで偽物だったことに気付かれなかった恋愛だって、この世にはいくつもあるんじゃないの。

だから、お前の潤一さんへのそれは恋に恋してるだけ、と他人に言われるたびに、うるさいな、じゃあお前は違うのかよ、と心の中で吐き捨ててきた。

本当の恋が何なのかなんて、今だって分からない。本物であろうが偽物であろうが、今はもうどっちだって良かった。しんどい時間を一日一日生きるために、必要な感情だったことには変わりないから。でも、生き方が変わって心が変わって、今までと同じ形を保ってはいない。俺も、たぶん潤さんも。

俺の泣き落としから始まって、最初から薄氷の上に爪先立ちで、ぎりぎりのところで保たれていた関係だった。いつからか、ずっと知っていたのに。本当は、潤さんには他に行きたいところがあるの、心のどこかで分かってて、俺のわがままで縛り付けてた。潤さんは、ずっと何も悪くなかった。

「別れてください」

潤一を高校時代からの馴染みの公園に呼び出し、そう言って頭を下げた。これでようやくこの人を解放してあげられると思った。

「ずっと縛り付けてごめんなさい。今までありがとうございました」

別れ話を切り出そうと決めたときから、潤一の反応は何通りもシミュレーションしてきた。傷付く準備を抜かりなく。この恋は本物じゃなかったから平気、と無理のあるラベルを貼り付けて逃げるよりも、本当はずっと卑怯で不誠実かも知れない。

『そうなんだ、良かったな。じゃあ、さよなら』

絶対にそう言われると思った。

だから、潤一から返ってきた言葉をうまく飲み込むことができなくて、葉二は呆けた顔のまま、道端に立ち尽くしてしまった。

「お前って、本当にずっとそういう奴だった」

「え…」

「何でもかんでもそうだった。俺がどう思ってるかなんて、全然気に掛けないんだ」

目にかかる綺麗な前髪の隙間、細い眉が寄って眉間に皺を作るのを、ぽかんとしたまま見つめた。

「好きだ、綺麗だ、欲しい、一緒にいたいって、自分の都合のいい感情ばっかり気持ちよく押し付けるのはさぞ楽だっただろうな。言われる方の気持ちなんてちっとも想像しないで、望み通りの反応が返ってこなきゃ傷付いた顔して。全部がお前のペースで、俺の話なんて聞こうともしなかった。俺が冷たく当たるのを待ってるみたいだった」

「待って、潤さん」

「なんだよ。『待って』はこっちの台詞だよ。葉二、お前は頭いいよな。器用だよ。傷付いても被害者でいられる立場を確保して安全圏から他人を好きになって、『本当の恋を見つけたのでもうおしまいでいいです、さよなら』って、用済みになった俺のこと、最後まで安全なまま捨てるんだ」

せき止めていた何かが決壊したように、後から後から言葉の止まらない潤一は、自分の口から出る声にすら傷付いたような顔をしていた。

「潤さ…」

それから、大きく息を吸い込んで、足元に毒を吐くように言った。

「俺よりあのヤンキーの坊さんがいいってことかよ。うそだろ」

いつもほとんど表情が変わらない、出会ってからずっと淡々としていた潤一の豹変に、葉二は率直に動揺した。

葉二が何も言えずにいるのを見ると、潤一は顔をくしゃくしゃにしかめて、唇を噛み、小さな子供がイヤイヤをするように顔を左右に振った。

「なんで。葉二。なんで今更そんなこと言うんだよ」

半分叫ぶように言った言葉の語尾が、涙に潤んで、みるみるうちに目の縁に溜まった涙が落ちた。

「やだ、葉二。俺を見捨てないで。今までずっと好きでいてくれたのに。俺だけを肯定して。俺の話を聞いて。俺が必要だって言ってくれ。俺、葉二が好きだよ、お前じゃなきゃ嫌だ、あいつのことは切るから、捨てないで」

葉二は、目の前に見ているものが信じられなかった。ぼろぼろ泣きながら「葉二がいい」と縋る潤一なんて、出会ってから今までこの方、想像に思い描いたことすらもなかったから。初めて耳にする潤一の本音と言い分は、半分は正しくて、半分は子供のわがままだった。

「好きだよ葉二」

夢にまで見た一言だった。

なのに今、それを潤一の口から聞いて嬉しいどころか、動揺ばかりだった。「葉二がいい」も「好きだよ」も、たぶん、葉二がずっと潤一に期待していたのとは、心の中の、全然違う場所からやってきた言葉だと分かったから。

子供だった。自分たちは二人とも子供だった。寂しさを満たすために、恋愛という形しか知らなかった、思春期の幼さだった。高校生の頃は確かにそれでよかったのだろう。でも今は、そんな幼い価値観の中で繋がっていられるほど、狭い世界で生きてはいないから。

「ごめんなさい。潤さん」

いっぱい傷付けてごめんなさい。

たくさんお互いを傷付けて、色んなことを間違えてきた。そして「間違えた」と分かるくらいに大人になった今、もう自分たちはこの形を保っていられない。この人もそれが分かっているから、こんな風に泣いている。

崩れ落ちるようにしがみついてきた潤一の背を撫でた。葉二の知る世界でいちばん美しい絵を描く人の、あまりにも高すぎる精度で物が映る目は、ずっとずっとその視界の彩度の高さでもって、この人自身を振り回して傷付けてきたのだろうと思った。目に見える世界のすべてを怖がっているような、薄くて細い肩だった。こんな身体に、俺はずっと自分の存在ごと縋ってきてしまっていた。

いつもさらさらと揺れる水のような、綺麗な黒髪を撫でた。丸い後頭部の形が、子供みたいで愛おしかった。何ひとつ心配事なんてない世界で、この人を守ってくれる優しい手があればいいいと思った。だけどそれは、俺じゃない。

俺じゃないんだ、と、心の奥の方で、揺るぎなくそう思った。

「潤さん。俺、潤さんに初めて、俺が必要だって言ってもらえてうれしい」

「……」

返事の代わりに返ってきた沈黙を、相槌と受け取ることにした。

「だけど、たぶん俺たちは二人とも、お互いのことを少しずつ思いたがえてる」

それを口に出して言うのは、「ごめんなさい」の一言を言うよりもつらかった。

「なんで潤さんに俺が必要だって思うのか、もう一度考えて。俺も、なんでこんなに長い間、自分に潤さんが必要だったのか、ちゃんと考えるから」

潤さん、と名前を呼んだ途端に、涙が出た。

「俺たちは、きっとこんな風になる前に、もっとよく自分たちのこと考えないとダメだったんだ。二人とも、ひとりでは自分が誰かも分からないくらい、不器用な人間なんだから」

そして、これから先の人生を生きていく、あなたに本当に必要な人間は、俺じゃない。

潤一と一緒に、新宿から電車を二時間近くも乗り継いで、奥多摩の墓に来ていた。予定になかった墓参りなので、ちゃんとしたお参り道具は持っていない。

潤一の兄の墓参りだった。ちゃんと別れ話をするために行く場所が墓というのは、もう言い逃れができないくらい定着した職業病だと感じる。

「兄貴が死んだのは、俺が中学に上がった年の夏の終わりだった。病気が分かってからあっという間だった」

手を伸ばしたら触れられそうなほど雲の低く垂れ込めた山間の墓地で、泣き腫らした目をした潤一は唐突にそう切り出した。こんなに痛々しい表情をしていても、俯きがちな横顔はどうしても美しかった。

「兄貴は俺なんかと違う本物の才能人で、本物の善人だった。みんなに優しくて、みんなが兄貴のことを好きで、みんなに将来を期待されていた」

初めて聞く話だった。潤一に死んだ兄がいたということすらも、たった今初めて聞くことだった。

「兄貴が死んでから、ずっと、両親は家の中で兄貴のことを話して泣いてばかりいた。俺は家の中で透明人間だったよ。絵を描いてるときだけ、絵の中にだけ俺がいた」

だから、お前が言うような才能じゃないんだよ、俺なんて。と、潤一は初めて、自分の才能についてそんな投げやりなことを言った。

「幸い俺は手先が器用だったから、絵はやけに上手くなった。なんとなく勘もよくて、すんなり美大に入れた。でもやっぱり、それで食べていけるわけじゃなかったから」

「でも…」

「別に、絵を描いて生きていきたいなんて思ってたわけじゃなかったけど、それすらも本物じゃないんだと思ったら、苦しかったよ。俺の全部が偽物だった」

押し黙った葉二を振り返りもせず、「だけど」と潤一は言葉を継いだ。

「葉二だけは」

「俺?」

「葉二だけが、まるで俺の才能や存在だけが世界のすべてみたいな顔して、ただひとつの本物と思い定めたみたいに、必死に追い掛けて、縋って来てくれた」

嬉しかったんだよ、それが本音。と、潤一が少しだけ柔らかい声で言うのを、葉二は足元に目を落としながら聞いていた。

「俺がどんなに冷たくしても、つれなくしても、お前は泣いても怒ってもずっと俺だけを見続けてくれた。なんかまるで、俺がこの世界にしがみついているための、唯一のよすがみたいに思えたよ。今さらこんなこと言っても、もう信じてもらえないかも知れないけど

——」

最後の最後になって、今初めてちゃんと目線の合った会話をしていると思った。

「俺にとっての光だった。間違いなく」

たぶん、ずっと欲しかったのは、その、たったの一言だったのだと思う。


それからしばらく無言で歩いていた潤一は、霊園の中のいちばん奥にあった墓石の前で立ち止まって、しゃがんだ。

「勢いで来たから、お線香とか花とか、何も持って来なかったな」

手を合わせながら思い出したように言った潤一の言葉を受けて、葉二はコートのポケットの中をごそごそと漁った。

「あ。やっぱりあった」

「何？」

「お線香の試供品。と、ライター」

真顔で言って、小さな箱ごと潤一に手渡すと、潤一は一瞬ぽかんとしたあと、顔をそむけて噴き出した。

「あれ⁉　潤さん笑ってる？」

「笑ってない」

「ウソ！　笑ってんじゃん、ひでー潤さん」

「…いや、ごめん。葬儀屋っていつもお線香持ち歩いてんの？」

笑った気配を目元に残したまま、潤一は葉二を見上げて聞いた。

「いや…分かんない、俺だけかも」

俺はたぶんかなり仕事熱心な方なんで、と、すこし決まり悪くなりながら言うと、潤一は何か思うところがありそうな顔をしながらも、「そうなんだ」とだけ言って、眉を下げてはにかんだような笑顔を見せた。

「最初、あんなに嫌がってたのにな。葬儀屋の仕事」

「あー…そう、すね」

「今は楽しいの？」

「楽しいっていうか……向いてるかも、とは思います」

それから、潤一にならって、墓石の前にしゃがんで、潤一の兄に手を合わせた。

「今はお経も何種類か読めるんで、必要になったら呼んでください」

「え、嘘だろ。すごいな」

まあ呼ばないけど、と淡々と言われて、そりゃそうですねと苦笑いで返した。

「この前の、あの金髪の奴」

しゃがみこんだまま、唐突に潤一が切り出した。

「潤さんの好きな人」

「うん…。あの人は、俺と同じように美大を出て、絵の仕事、してるんだけど。絵を描いて食ってるわけじゃない」

「あー、そうなんすね」

「ほんとは絵描きになりたかったって言ってた。でも、ずっと明るくて、失敗しても、投げやりなこととか絶対に言わなくて、できない自分ごと受け止めてまっすぐに生きてる、ずっと。大学生のときから変わらない」

葉二は、潤一が他人のことをそんな風に褒めるのを初めて聞いて、驚いていた。それは、潤一に故人の兄がいたという事実のカミングアウトよりも意外なことに感じられた。

「あんな風になりたいって思う。羨ましいって思う。そばにいると、自分と比べて辛くなるけど、俺もあと少しだけ前に進もうって気持ちになる」

それを聞いて、葉二はいろんなことが腑に落ちた。そしてやっぱり、潤一のこれからの人生に必要なのは、自分ではなくてあの人なのだと思った。

俺もそうだったな、と、低い目線から、鈍い重たい冬の空を見上げて思った。

潤一に執着してこだわっていたのは、自分が神様から与えられなかった才能、手に入れられなかった何かのためだった。潤一に自分の存在を肯定されることは、そういう名前のない何かからの肯定に違いなかったから。

だから、かつて自分には、本当にこの人が必要だったのだと思う。

お互いの、どうしようもないコンプレックスを、渇望を、この世界で人として生きるのに当たり前の承認欲求を満たすための、相互依存に他ならなかった。

「いつの間にか、色んなことを間違えてきたけど、それでも」

それでも、始まりは本当に恋だったと思う。

この世にありふれた、たったひとつの、不器用な、淡い綺麗な恋だった。

でも、この関係の未来に、明るい可能性が待っているわけではないと、お互いにもう知っているから。

「ここがやっぱり、俺たちの終わりだと思う」

口に出した途端に、潤一に出会った日の、世界に突然色がついたような感情を思い出して、両目が燃えるように熱くなった。ばたばたと地面に落ちてどうしようもない。いくらでも涙が出た。

荒々しくて、みずみずしくて、自分の感受性に振り回されて世界の彩度に怯えた、美しい時代だった。

◇

　葉二の傷心は、思いのほか深かった。

　あれから二週間以上も経っているのに、いっこうに精神が回復する気配を見せない。お互いに納得ずくではあったが、葉二にとってはこれが人生初の、正真正銘の失恋だったのだ。

　言うなれば、潤一との離別というのはつまり、思春期の頃からの自分の理想との別れでもあった。俺はもしかしてこのまま永久にこんな上の空で生きていかなければならないのか、と思っていた頃、その事件は起きた。

「荻原ぁー、お客さん来た。こないだお前が受けた位牌の客だわ」

　俺いま手が離せんから、と言った所長のデスクを覗き込むと、どう見てもパソコンの画面はショッピングサイトだったが、葉二は気にせず窓口に向かった。

　顧客は父親が亡くなり、四十九日の法要を今週末に控えている娘夫婦。どこかの檀家ではないが、父親の実家が先祖代々の真言宗だということで、高幡不動の系列の寺を紹介していた。痴呆の進んだ母親の代わりに四十代の娘が初めて施主を務め、手続きに手間取って位牌の作成がぎりぎりになったという、よくあるパターンだった。

「ふあ……眠い…」

　難しい案件じゃなくて良かった、あんまり頭使わなくていいから…と思いながら、ふらふらと保管庫に行って、出来上がっていた位牌を確認した。位牌の文字加工は、その位牌のメーカーの職人が専用の機械を使って行うので、必ず一週間以上の作業日程を要する。

だから、明日明後日法要なのですぐに位牌を作って下さいというのは難しい。タイミングがぎりぎりすぎて位牌がない状態で法要をやらなきゃいけない、というやや気まずい施工も何度か担当したことがある。

「こんにちは。お待たせしました」

位牌の表面に加工された戒名の文字を確認してもらうために、窓口で待っている施主の前に、直接持って行く。

「ありがとうございます…」

葬儀のときには慌ただしくて肉親の死の実感がなかった人が、四十九日の法要を迎えてようやく悲しみが湧いてくるというのもよくある話だ。この施主の場合も、葬儀のときにはけろっとしていたのに、今日は随分と泣き腫らした顔をしている。

「お位牌の種類は春日蓮付の4寸、文字加工は金で、機械彫りで承ってましたが…」

いかがですか、と、確認を促したとき、それまでぼんやりとしていた施主の顔色が変わった。

「名前が、違います…父の、名前の漢字が間違ってます」

そう言われた瞬間に、葉二は、背中に氷の塊を落とされたような錯覚に陥った。

「え…」

「和義じゃなくて、一義なんです」

やらかした、と葉二が思うよりも先に、施主の女の人が泣き出してしまった。

「お父さんが可哀想…」

「す、すみません…！」

「これって、もう四十九日には、間に合わないですよね？」

どうしよう、と啜り上げて泣いてしまった顧客の様子を察知して、所長が事務所からすっ飛んできた。

「荻原」

頭が真っ白になって固まっていた葉二の背後から手元を覗き込んで、所長はすぐに事情を把握したようだった。

「荻原、ちょっと奥引っ込んでろ」

「え、な…」

席から引っぺがされ、「いいから」と所長は顎先で事務所の方を促した。とりあえず言われるがままに引っ込んで、顔中に冷や汗を掻きながら、ドアの隙間から様子を窺う。

「大変申し訳ございませんでした。大切なお父様のお位牌、すぐにお作り直し致します」

「で、でも一週間くらい掛かるって…」

「お客様のおっしゃる通り、通常の工程では最低一週間ほどのお時間を頂戴致しますが、今回は手前どもの落ち度でございますから、絶対に間に合わせます。本日は大変申し訳ございません。新しいお位牌が出来上がりましたら、直接お客様のご自宅へ担当の者がお届け致します」

「そうですか…」

「必ず間に合うように致します。ご心配をお掛けして、本当に申し訳ございません」

「…分かりました。じゃあ、よろしくお願いします」

ありがとうございます、と、施主の女の人は、自分は何一つ悪くないのに、所長に向かって頭を下げた。すっこんでろと言われたが、葉二は矢も楯もたまらなくなって、慌てて飛び出し、所長と一緒に頭を下げた。

「本当に申し訳ございません。必ず間に合わせます」

頭を下げながら、葉二は鈍器で後頭部を殴られたような気持ちになっていた。完全に葉二ひとりのミスだった。メーカーへの注文のとき、手書きの発注書でオーダーミスをしていたのだった。

入社以来初めてのポカらしいポカで、客を泣かせるという最悪の事態になった。

「荻原、言わなくても分かってんな」

「はい」

上の空で働いていた結果、半端な仕事をして、顧客の心を深く傷付けた。人生やり直した方がいいレベルのやらかしだ、と死にそうになりながら葉二は思った。

「なんとかしてみろ自分で」と、所長は言った。

「お前は悪目立ちもしたがデキた新卒なんだよ。俺もお前の同僚達もそう思ってる。けど、お前が自分のやりたいことだけ責任持ってりゃ良いとは誰も思ってない」

納骨堂の件を言われている、とすぐに分かった。所長は葉二に、筋を通せと言っているのだ。

その通りだった。やりたいことには息巻いて、勝手に動いて出しゃばったくせに、業務上の失敗のカバーは都合良く上司や先輩に頼って甘えるなんてことが、できるわけがなかった。

どうしよう。今すぐどうにかしなければならないのに、頭が真っ白になって、何も思い浮かばない。

スマートフォンだけを握りしめて、事務所裏の駐車場に出た。自分が社会人として落第するだけじゃない。顧客という目に見える責任がある。父親を亡くしたばかりの一人の女の人の、まごころと思い出を踏みにじってしまう。

朝日、助けて。と、ほとんど無意識に声に出していた。にっちもさっちもいかなくなって心の中で縋ったのは、神仏ではなくて、生きた人間の寺島朝日だった。

「朝日、ごめん。助けてくれ」

　という、生気を失った葉二の電話に、朝日は原付ですっ飛んで来てくれた。仕事中だったらしく、作務衣姿に適当な上着を羽織っていた。事務所の裏口で、うなだれながらもう一度「ごめん」と言った葉二を、朝日はハラハラした顔で覗き込んだ。

「やらかした」

「は、何？　仕事の話？」

「うん……」

　かくかくしかじかのいきさつを葉二が打ち明けると、話を聞くうちに、朝日は眉間に皺を寄せて顔をしかめた。

「馬鹿！」

　シンプルにそう怒られて、葉二はぎゅっと目を閉じて黙り込んだ。

「いい加減にしろ！　俺に自分の仕事に誇りを持てって言ったのアンタだぞ。仕事に私情を持ち込んで半端なことやって他人を傷付けるような責任感のない奴に、この仕事務まんねえだろ」

　一言一句がその通りすぎて、弁解の余地すらもなかった。

　初めてやらかした仕事のミスはもちろんだが、初めて朝日にこういう怒鳴られ方をしたのも、相当に身に堪（こた）えた。

しょげ切っている葉二の様子を見て、ちゃんと反省していると判断されたのか、朝日はそれ以上の深追いをしないでくれた。

「分かった。葉二さん、後ろ乗って」

「え、何？」

「位牌の文字加工だろ。うちと付き合いのあるメーカーの職人のとこ連れてってあげるから。たぶん直談判して、三日くらいあればなんとかしてくれる。今から行けば間に合う」

「え、でも、全然別の宗派の奴なのに…」

「関係ないよ。でも、今回だけ。葉二さんには納骨堂の件の借りがあるから」

それだけぱっぱと言うと、朝日はシートからヘルメットを出して、勝手に葉二の頭に被せた。

「ま、待って、俺原付なんて乗ったことな…」

「うるさいな。原付原付って言うけどビッグスクーターだから。二人乗りできるように設計されてる。ちゃんと掴まってれば大丈夫だから」

うるさいって言った！

びびっている葉二を面倒臭そうに言いくるめて、朝日はほぼ無理やりビッグスクーターの後ろに乗せた。

「じゃ、掴まっててね」

「わ、わーーー！」

まだ所長に何も言ってないのに、と思いながら、すぐにそれどころではなくなって、作務衣の坊さんがかっ飛ばすビッグスクーターの後ろにしがみつくお荷物になった。

朝日が職人に頭を下げて、今回は特別に、と急ごしらえで間に合わせてくれた位牌は、とても美しく仕上がった。

四十九日の法要が無事済んだあと、施主の女の人が、事務所によってくれた。

「…あの、この前は、泣いちゃってすみませんでした」

「え！　いや、あの件は本当にこちらのミスで…」

言い掛けた葉二の言葉を遮って、「ありがとうございます」と施主は頭を下げてくれた。

「一生懸命やってくれて嬉しかったです。荻原さんが用意してくれたお位牌、みんなが、綺麗なお位牌だって言ってくれました。いい法要になってよかったです。お父さんも、こんなに頑張ってもらえて、喜んでると思います」

じゃあまた、と、言い置いて、呆気に取られる葉二をよそに、施主は小走りに行ってしまった。お礼を言うタイミングも逃してしまった。

この仕事に就いてからこんな風にお礼を言われたのも、そういえば初めてだったな、と遅れてぼんやりと思った。

「朝日…」

そうだ、朝日。何もかも全部、朝日のおかげだった。

朝日にお礼を言わなきゃいけない。ていうかもう、何でもいいから早く会いたい。と思いながら、色んなことがありすぎてボーっとした頭で、ふらふらと職場を後にした。


明善寺に寄ると、朝日は駐車場に凍り付いた雪の塊を、躍起になってシャベルで破壊しているところだった。

「あれ、葉二さん」

「朝日！」

「え、何その満面の笑顔」

なんだか温度差がある気がするが、お構いなしにとりあえず駆け寄っていくと、朝日はこめかみの汗を肩口で拭いながら、「ああそうか」と思い出したように言った。

「こないだの、位牌のお客さん、うまく行ったんだ」

「あ、そうそう。あんときはホントにありがとうございました…」

葉二が深々と頭を下げると、朝日はシャベルを傍らの壁に立てかけて小声で笑った。

「なんだ。やれば出来るじゃん、葉二さん」

「ぬ……」

「こないだは俺偉そうなこと言ったけど、葉二さんのそういう、かっこ悪い思いしても他人のために全力で動けるとこ、才能だと思うよ」

上げられているのか下げられているのか微妙なラインのねぎらいを受けて、「どうも」と中途半端な受け答えをしながら顔を上げる。と、真ん前で微笑んだ朝日と目が合った。

「良かったね」

瞬間、心臓が飛び跳ねた。

「……うん」

褒めてくれた、と思った。朝日が俺の頑張りを認めて褒めてくれた。

なんか、どうしよう。

（……嬉しい）

もっと褒めて欲しい。もっと俺を見て、できればずっと俺のことを見てて欲しい。

「あの、俺、頑張るから。明日からも死ぬほど頑張るからさ……」

「うん。でもそれ、俺じゃなくて職場に戻って同僚に言いなよ」

「そうじゃない、そうじゃなくて……！」

「は？」

首を傾げた朝日と、正面から目が合う。

好き。

背中から巨大な矢印の形をした感情が胸の真ん中を貫いた。

景色がフラッシュバックする。やりたくもない葬儀屋の仕事に就いて、どうやって辞めようと思いながら訪れた寺で、桜の舞い散る青空を背負って、朝日は笑って立っていた。あのとき、なんで「まずい再会を果たした」と思ったのか、今は分かる。

好きになる、と分かったからだった。本当は、あの瞬間から恋だったのだと思う。好きだった。

潤一のことを好きだと感じていたひりつくような感覚ではなくて、泣き出しそうで、いっぱいいっぱいで、でも嬉しくて、心のいちばん底、地面に似た場所が、光に照らされて温かい。ずっとこの光の当たる場所にいたい。

そばにいて。俺を見て。笑って、名前を呼んで。

「朝日、好き」

何をどう言葉にしていいか分からなくて、アホみたいに突っ立ったまま両手を握りしめて、口に出した。

「好き。朝日、めちゃくちゃ好き。ずっと大好き」

虚を衝かれたように、目を見開いて朝日が固まっている。

あ。やっちゃった。

俺、ばか。何を唐突に告ってんの？　朝日が困ってる、どうしよう。いや、どうしようもないでしょ。

言ってしまってから高速で脳裏を駆け巡る独り言に、じわじわと思考回路が追い付いて、首から上に血が昇ってきた。

「ご…ごめん。俺、カッコ悪……」

死にたくなりながら両手で顔を押さえる。俺はもう、本当にダメだ、ダメダメだ、と思った。

俺は恋愛偏差値マイナス五十三万の男——と自分に烙印を押しながら、どう退散しようか算段を付け始めた。

「カッコ悪くは、ないんじゃない」

顔を押さえた手のひら越しに聞こえた声の柔らかさに、ぴた、と息が止まった。

「へ…」

情けない声を出しながら見上げると、朝日は子供みたいに頬を染めて、いっぱいの笑顔を浮かべて葉二を見ていた。

「今度こそ、やっと届いた」

無邪気にそう言われた瞬間、今まで朝日との間に慎重に積み上げていた色んなものが瓦解して、手に持っていたすべての荷物を、足元に放り出してしまった。

「お、俺…」

「うん」

「俺、間違えてない？」

「正しくても、間違ってても、どっちでもいいよ。葉二さんがいい」

たぶん俺はずっと、朝日のその一言が欲しくて、欲しくて欲しくてたまらなかったんだと思った。

「朝日」

「うん、何。葉二さん」

「俺と――」

言い掛けた口を、手のひらで柔らかく塞がれた。

「葉二さん。俺と付き合って下さい」

唇に触れている手のひらが熱くて熱くて、まばたきをしてみれば間近で見た朝日の顔も真っ赤で、嬉しくて、頭がくらくらした。なんだよ、なにこれ、中学生の初恋じゃないんだから。

こんなに大人になってもこんなに子供で、恋って、こんなに恥ずかしくて、こんなにダサくて、こんなにも嬉しい。

◇

あれから一ヶ月が過ぎた。

なんだかもしかして俺、一人で舞い上がり過ぎてる？

そう気付くまでに、そんなに時間は掛からなかった。以前は感じなかった温度差的なものを、朝日との間に感じることがある。そう、これはまるで——かつて長い間、潤一との間に感じていたような。

休日も昼間から、テーブルの上に置いたスマートフォンをまるで地雷の処理でもするかのような緊迫の面持ちで睨んでいた。朝日からの返信が来ない。いや、すぐに返信を必要とするような話では全然ないのだが。

——なんだ？　まさか、俺が一人盛り上がってるだけなのでは？

だって、どう考えても、そっけなくなった。

今まで、葉二の話であれば「それってどういうこと」「葉二さんはどう思うの」と突っ込んで追いかけて来ていた部分で、「そうなんだ」と微笑んで終わられることが多くなった。会話をさらっと流される。朝日自身の話であれば、前は「褒めてよ」「良い子でしょ」と事あるごとに言って来ていたのに、その手のことを一切言わなくなった。ほら、やっぱり絶対に前と同じではない。

しかも、目に見えて明らかなことには、前は葉二からのどんな連絡にも即レスだったのが、今は数時間後の返信ということが増えてきた。

単純に忙しい、とかだったらいいのだが。でも、たぶんそうじゃない。

今まで、朝日は態度や言葉の端々に「葉二が好きだ大好きだ大切だ」と滲ませて匂わせてやまなかったから、「好意」の中身が何であるにせよ、朝日は俺のことがいつも気になって仕方なくて、俺の話なら何でも聞いてくれて、何を差し置いても優先してくれる、そんな風に思い込んでいた。

「……って、そんなこと思ってたの、俺？」

思わず口に出すほどに驚いた。随分と自信満々ではないか。要は「朝日は俺のことが大好きだから」と思い込んで、いやたぶん、多かれ少なかれ大事にされていたことは確かなのだ——その愛情の上に、あぐらを掻いていたわけだ。

恥ずかしい。ありえない。

よしんば朝日が本当にそのくらい熱烈に葉二に心を傾けていてくれたとしても、自分が潤一に対してそうだったように、ずっと執念深くこだわっていてくれるとは限らない。朝日が釣った魚にエサをやらないような人間ではないことぐらい知っているが、大人の恋愛の距離感というのは、葉二が期待していたほどベタベタしたものじゃないのかも知れないし。

（でも、両想いになった途端飽きたんだったら？）

両想いってお前。小学生かよ。

という自分へのツッコミが虚しく空回る。

あんなに顔が良くて優しくて家柄も良くて色んな才能があり面倒見も良い、思いつく限りこの世で最高の男が、自分みたいなうだつの上がらない葬儀屋に、いつまでも時間を浪費している理由などない気がしてくる。

どうしよう。俺、こんなに朝日のこと好きになっちゃったのに。そう思ったら、壮絶な恐怖に襲われてきた。「飽きられた」、その単純な一言には、全身をバラバラに切り刻まれるような殺傷力があった。

——あんなに大事にしてもらっていたのに、自分がいつまでもうじうじしたことを言って、はっきりせず、曖昧な関係のまま勿体つけていたから。

いや、勿体つけていたわけではない。葉二だって必死だったのだ。ずっと真面目に、出会った日から一日も欠かさず、朝日に対しては真面目だった。

でも、だからなんだと言われたらそれまでだ。この世には男も女も関係なく、魅力的な人間がたくさんいる。その中には、きっと朝日に見合うような人だっているのだろう。

朝日に見合うような人間？　そんな奴いる？　朝日だぞ。

例えば、朝日の横にいて許されると思うのは。

底抜けに明るくて、誰に対してもソツのない優しさがあって、情熱的な部分もあるけど押し付けがましくはなくて、仕事が出来てしっかりしていて、人が困っていたら助けてあげられるような余裕があって、なんかとにかく、一緒にいて楽しい、嬉しくなるような人――と、頭の中で糸を紡ぐように考えていたとき、テーブルの上のスマートフォンが振動した。

「朝日…！」

じゃない。ＳＮＳの更新通知だった。

【@青山和泉さんが写真4件をシェアしました。ログインしていいねしましょう】

「うう……いいなあ、いつも和泉は楽しそうで…」

例えば、和泉だったら、こんな風に不器用に悩んで、絶望感に陥ったりしないのだろう。

手持ち無沙汰に、メールの通知の通りＳＮＳにログインして、和泉の投稿した写真を見た。

またディスティニーランドの写真だ。

あー、そうだな、とふいに思った。こういう明るくて優しくて、何でもできる奴だったら朝日とも釣り合うのかも知れない――。

と、そこまで心の中で吐き捨てて、和泉の投稿の文面に目を留めた。

【本日も、相棒とショーパレ地蔵中！】

相棒って？　俺以外にも和泉の地蔵に付き合ってくれる奴なんていたのか。そりゃそうか、和泉はいい奴だもんな。

ふてくされながら、写真を見て、ふとその中に見切れている肘から先が目に入った。見覚えのある黒いパーカー。これ、朝日がよく適当な日に着てるやつ。右の袖口がほつれてボロボロになっている。絶対そうだ。間違いない。

「え…待って…」

相棒って何？　そういえば最近、自分が和泉の地蔵の道連れにされることが少なくなっていたと気付いた。マジ？　そういうこと？　でもありえる、本当にありえる。

「待って…俺、何も聞いてな……」

そりゃそうだ。もし本当にそういうことなら、当の葉二に何かを言うわけがない。

だって、和泉は初めて朝日に会う前から朝日のことがお気に入りだった。写真を見てディカプリオに似てるとかいう妄言も吐いていた。会ってからも可愛いかっこいい良い子だとベタ褒めで、王子とまで呼んでいた。

朝日の実家の納骨堂の件、あれに関しては真の功労者は和泉だから、朝日もずっと和泉には感謝していた。こんなに赤の他人の自分のために奔走してくれる人がいるなんて驚いたと言っていた。良い人だ、さすが葉二さんと長年つるんでるだけある、と褒められているのかけなされているのか分からないことを言われたこともある。

詳しくは聞いていないが、葉二の仕事が忙しい間、直接二人で会ったことも何度かあるようだった。

「嘘、待って、やだ…」

和泉、彼女いるって言ってたくせに、あんまりだ。俺が自分で気付く随分前から、俺の朝日に対する気持ちを知ってたくせに。

朝日は俺のだよ。手を出すな。俺の朝日を取らないでくれ。

心の中でいくら言い募っても、どうしようもなかった。

だって、たぶん朝日と和泉には、自分なんかよりも一緒にいるメリットがいくらでもあるから。きっとあの二人が一緒にいたら楽しいだろう。二人とも頭がいいから、回りくどいことをしてすれ違ったり、もどかしいことになったりもしないのだろうし。

気付かなかった振りをした方がいいのだろうか。

その方がみんな幸せなのかも知れない。それでも。

「でも、それじゃ、俺が生きていけない…」

何もかもぶち壊すかも知れないと分かっていても、ダメだった。

葉二はテーブルの上に放り出していたスマートフォンを手に取って、そのまま和泉に電話を掛けた。

三コールほどで、すぐに電話は繋がった。

「はいはーい、葉ちゃん。朝から珍しいね、どしたん」

「……今、エンスタの写真見たんだけど」

「あ、そーなの？　エンスタとかめったに見ないのに、ますます珍しい」

何か飲み食いしながら喋っているのか、電話越しの和泉の喋りはなんだかモゴモゴしている。楽しそうな声だ。

「あのさあ、和泉…お前今…」

そこまで言い掛けたとき、和泉の浮かれた相槌の向こうに、短い笑い声が聞こえた。あの「つい笑っちゃった」という感じの、零れるような笑い声は、間違いない。葉二が世界でいちばん好きな笑い声。朝日だ。

自分で電話を掛けておきながら、決定打にぶち当たりに行ってしまった。

心が玉砕して、何も言えなくなって、そのまま洟を啜って泣き出した葉二に、電話越しの和泉は大いに慌てたようだった。

「え？　待って、葉ちゃん⁇　え、泣いてる？？？」

「……和泉のバカ。朝日のバカ。最悪だ。俺——俺が、朝日のこと好きだって知ってたくせに。朝日は俺のだ。お前彼女いたんじゃないのかよ」

「は？？？」

「…っ、こんな、こんなことならお前と朝日のこと、会わせなきゃ良かった」

それでようやく葉二が何を言っているのか理解したらしく、電話の向こうで和泉がはっと息を呑む音が聞こえた。それから、少し遠くで、「え、葉二さん?」と慌てたような朝日の声も聞こえる。

今さら慌てたって遅いよ。もう知ってるかんな。

和泉がまだ何か言っていたが、そのまま電話を切った。ついでに電源も落とす。いじけきった思いでスマートフォンを壁に投げる。ガツンと鈍い音がした。画面が割れたのだろう。どうでもよかった。

自分がこんなに嫌な人間だったとは知らなかった。恋をして、性格が悪くなるなんて聞いたことがない。潤さんに恋をしているときは、たぶんもっとずっと素直だったし、けなげだった。すると、もともと俺はこういう人間だったのかも知れない。それが、友達と自分の好きな人が自分の行いによりくっついてしまい、善人面の陰に隠れていた地が露出した、ただそれだけのことだろう。

「あーあ、俺ってホント、最悪……」

まあ、それならそれで。誰のこともこれ以上傷付けずにフェードアウトできればいい。

もういいや。何もかも忘れて、今は寝よう。疲れた。

スウェットの袖で涙に濡れた顔を乱暴に拭う。ベッドの上に上がる気力もなかったので、布団を引きずり下ろして床に転がった。

「おやすみ、俺。さよなら…」

それから、泥のような眠りに落ちた。

◇

小さい頃、東京からは遠く離れた東北の田舎に、祖父母と一緒に住んでいた。どういう経緯だったのかは知らないが、葉二が小学校に上がるタイミングで、葉二の母は葉二を連れてその家を出た。それから祖父母の両方が亡くなるまで、一度も顔を合わせたことはない。

機織りで栄えた町だった。日夜関係なく、山のふもとでは二十四時間ずっと機織りの工場が稼働していて、夜になって町が眠りに落ちると、ざあざあと雨のような音が聞こえていた。近くに行って聞くと、一つ一つの機械の音はダン、ダン、という音を繰り返しているが、その音が何百と集まって、遠く離れた場所から聞くと、雨みたいな音になるのだった。小さい頃は毎日その音を聞いて祖父母と一緒に寝ていた。だから、葉二は今でも、雨の音が好きだった。雨の降った日はよく眠れた。

おぼろげな記憶ながら、祖父母にはかなり可愛がってもらっていたはずだ。顔の思い出せない祖母と一緒にほおずきやきゅうりやナスを使って、お盆の準備をした。東京よりも清涼な風の吹く東北の夏の夕暮れに、家に帰ると、祖父が縁側に座って団扇を使っていた。風鈴が鳴って、当時の葉二の身長よりも大きなお盆提灯がゆっくりとカラフルな光を映して回転していて、暗くなると道沿いに迎え火を焚く。

そうして葉二は、いつも誰かの帰りを待っていた。誰を待っていたのだろう。夏だから暑いはずなのに、記憶の中の田舎は、透明に澄んだ静かな風がいつも吹いている。

これがきっと、自分の日本人としての原風景なのだと葉二は思う。

記憶の中の祖父母には顔がなくても。声すらも思い出せなくても。雨の音と、清涼な風の吹く夕暮れの道で、誰かを待っている記憶。それは確かに荻原葉二という人間のベースを形作っていて、今はもうどこにもなくても、確かにここに存在するものだった。

俺は、きっと。

夢うつつの中で、葉二は子供の頃の記憶に還って思った。

俺はきっと、朝日を、あの記憶の中に連れて帰りたかった。子供の頃の葉二は朝日を知らないのだから、記憶の中で待っていた人が朝日なわけはないのだが。

あの頃、この世界のどこかにいて、ご飯を食べたり笑ったりして生きていた寺島朝日という名前の一人の人間を、ずっと待っていたような気がした。

せっかく懐かしい夢を見ていたのに、立て続けに鳴ったチャイムで起こされた。

「うるせーな…ほっといてよ……」

いいや、シカトシカト。どうせ何かの営業だ。荻原さんは傷心中なの。

無視を決め込んでもう一度寝ようとすると、今度はドカドカと力任せにドアを殴る音が聞こえた。さすがにこれは無視できない。なんて失礼な。

不審者とかだったら即行で警察に連絡しよう、と思いながら、むっくりと起き上がる。それから玄関に向かう途中で、バキバキに画面の割れたスマートフォンが目に入り、そういえばぶっ壊しちゃったんだった…と思い出した。

「うるさいなあ、ちょっと待ってくださ…」

ドアノブに手を掛けたときだった。

「葉二さん！」

え、朝日。

すごいボリュームの声で名前を呼ばれて、それからまたドカカ、と力任せにドアを殴られた。これノックだったのかよ、と思う前にもう一度呼ばれた。

「葉二さん！　いる？」

「朝日？」

おそるおそるドアを開けると、ぜえぜえ息を切らして、汗だくで、髪もボサボサの朝日が立っていた。無理やりドアの隙間から割り込むようにして入ってきて、そのまま力いっぱい抱き着いてきた。

「ごめん！」

「へぁ」

ごめん、ごめん、と何回も言いながら、朝日は葉二の頭やら背中を撫でた。

「俺、和泉さんとは何もやましいことない」

「は？　うそ」

「『うそ』はこっちの台詞だよ…！　ふざけんなよ…じゃなくて、あ〜、あー、えーと、あいつに連絡とかしてないよな？」

見たこともないほど動揺している朝日は、部屋に葉二以外誰もいないことを確認するように、両腕で葉二を隠すみたいにして、肩越しに部屋の中を見回した。

「や、ま、待って朝日。あいつって誰」

「潤一だよ…！」

「は、はぁ…？　何言ってんの…？」

頭の上に無限の「？」を並べた葉二を見て、ようやく呼吸を取り戻してきたらしい朝日は、それから床の隅で画面の粉々になった葉二のスマートフォンに視線を向け、葉二が荒れて八つ当たりしたのを察したようだった。

「あ、スマホぶっ壊れてるならいいや。よかった。そのままにしといて」

「いや、そのままじゃ困るだろ、壊したのは俺だけど…支離滅裂なこと言うなよ」

朝日、落ち着け、となだめて、乱れた髪を手で直してやると、朝日が泣きべそ寸前の顔をしていることに気が付いた。

「……良かった。俺と和泉さんのこと誤解して凹んだ葉二さんが、元彼に連絡とってたらどうしようと思って、気が気じゃなかった」

朝日の口から出た「元彼」という言葉に葉二が静かに衝撃を受けていると、朝日はだんだんと落ち着きを取り戻した。

朝日の話を要約すると、経緯は以下のようになる。

納骨堂の件でお世話になった青山和泉は、今付き合っている彼女と来年結婚する予定だが、彼女の実家が寺のため、結婚式のことで少し揉めている。

「そ…そういえば和泉、かなり前にそんなこと言ってたかも…」

朝日の実家のために奔走してくれたのは、友達の葉二のためでもあるが、自分の彼女のことがあり、他人事とは思えなくて放っておけなかったのだという。

結局、仏前結婚式になりそうだということで、色々な寺周り事情の相談に乗るために、最近になって何度か和泉の地蔵に付き合っていたという話だった。

「…なんで俺のことハブったんだよ」

「葉二さんが自分のことでいっぱいいっぱいだったからだろ」

　そう言われて、葉二はショックを受けた。確かにその通りである。

「葉二さんは、なんでもかんでもネガティブな方に考えるの、そろそろやめた方がいい。葉二さんが自分で思ってるよりずっと、葉二さんの周りの人間は葉二さんのことを大事にしてる」

　へなへなと眉を下げて、「ごめん」と謝ると、朝日は「素直でいいね」と言った。

「でも、和泉さんのことは俺、少し恨んでる、今」

「え、なんで」

「だって、あの人が言ったんだよ。『全部の連絡に即レスとか重いからやめろ』、『葉ちゃんは追われるより追ってる方が好きだからあんまりしつこくしない方がいいと思う』とか、他にも色々。俺、あの人の言うこと真に受けて、結局葉二さんにこんな冗談みたいな誤解させた」

　その朝日の発言に、葉二は重ねて衝撃を受けた。

　――和泉、余計なことばっかり吹き込みやがって。

「さっき、葉二さんからの電話受けて真っ青になってたよ」

『やべー。壮大な誤解が発生してる。あの、悪いけど朝日くん、そっこー葉二のとこ行って。今すぐ』

朝日の物真似はよく似ていた。

でも、たぶん、この交友関係そのものが、朝日自身の、まともに人付き合いを覚えようとする努力のひとつでもあったのだろうと葉二は思った。

もう朝日はとっくにヤンキーではなくなっているし、立派に仕事をしていて、人間を大事にできている、ちゃんとした大人だ。

「寂しい思いさせてたって、全然気付かなかった。ごめんね葉二さん」

少し強い力で、頭を撫でくり回された。

「いい子いい子」

と、呪文を口にでも出すように朝日は言った。

そうされて、いつの間にか立場が逆転したことに、葉二はやっと気が付いた。

今、むちゃくちゃに恋をした。そう思った。好きな人に大事にされて、良い子と笑って褒められることが、こんなに嬉しくてドキドキするのだということ。知ってしまった。好きな人にこうされるために、全力で頑張ろうと思えることも。アメリカで出会った頃とは色んなことが変わっていたが、あのときの朝日がこういう気持ちだったならいいな、と葉二は切に思った。

「だけどさあ……俺、朝日と和泉がそういう風になったのかもって思ったとき、実はけっこう納得しちゃったんだよな」

「和泉は、俺よりもずっと魅力的な人間で、朝日は人間を見る目が他の誰よりも確かで、それで…世界一の男だから」

「はあ？　なんで」

真顔でそう言うと、朝日は俯いて噴き出したあと、呆れ笑いを残したまま、葉二の顔を正面から見た。

「世界一って…。いや、葉二さんにそんな風に思われて嬉しいけど、ほんと…葉二さん、俺のこと勘違いしてる。前から言おうと思ってたんだけど」

「ど、どういう意味…」

「俺は、全然他人に優しくなんてないし、頭がよくもない、かっこよくもない。今までも、今ここに来るまでも、たぶんこれからもずっと、俺は葉二さんを自分のものにすることだけを考えて、何もかも、それだけのためにやってきた」

少し汗を掻いた手のひらで、顔をぴったりとサンドされた。

「好きだよ」

ただ一言だった。

「え、え…。けど…」

「なんだよ。ありがとうって言えよ」

「俺は、見ての通り、ネガティブでバカだし…何かっていうとすぐメソメソして、女々しくて……たぶん面倒臭いよ」

「今さら？　知ってるよ」

「ガーン」

口に出して言うと、朝日は眉を下げて、こらえきれないといった感じに笑って、「口でガーンて言う奴初めて見た」と言った。

「面倒臭いとこが好きだよ。そして、できればそれが、俺だけに対して発揮されてほしい」

「…朝日」

「俺だけのものでいて」

そう言って抱きすくめられたとき、唐突に、強烈な独占欲が体の底から湧いた。

朝日の腕の中から逃れると、自分よりも少し高い場所にある頭を両腕で掻き抱いて、唇を押し付けた。これは俺の男だ、と思った。

「あのときのリベンジさせて」

葉二がそう言うと、朝日は少し考えたあと、きゅっと音がしそうな感じに、片眉だけを吊り上げた。

「『あのとき』に心当たりありすぎて、どのときかわかんないんだけど」

と、少し意地悪なことを言った。

「え。なんでだよ、俺はアメリカでのことを…」

「なんだ。京都のときは?」

「は? だってあのときはそういうんじゃ…」

「俺はそういうつもりだったけど」

「え、うそ…」

「『え、うそ…』はこっちの台詞だよ、何なのマジであんた」

同じ男なのに全然思考回路が想像出来ない、と嫌味を言ってから、朝日は首筋に吸い付いてきた。


たぶん、アメリカで酒の勢いでセックスしたとき、朝日は男同士の性行為の、イロハのイの字すら知らなかったのではないかと思う。記憶は定かじゃないが心細そうで、ひとつひとつの動作を確かめるみたいにやっていたように思う。

股座に顔を埋めて、朝日の美しい顔からは想像できないほど狂暴に涎を垂れ流している亀頭に、唇を何度も押し付けて、吸ったり舌先で転がしたりして、朝日の味を確かめた。これくらいであの朝日が決壊寸前の様相を見せているのが、葉二は嬉しくてならなかった。

合間に顔を窺うと、目を開けているのもつらいのか、寝落ち寸前みたいな顔で、まともに口がきけなくなっている朝日の顔が目に入った。

「あー…かわいい、朝日、ほんとかわいいね」

思考回路がぼやけてうまく回らないのは葉二も同じだった。心に浮かんだことを口から垂れ流しにしていると、葉二の発言が面白くなかったのか、朝日が頭上で「やだ」と子供みたいなことを言った。

俯いた顔が耳まで真っ赤だ。長い前髪の先が、朝日が身を捩るたびに揺れるのに煽られて、頭がくらくらした。朝日にこういう顔をさせられるのが、未来永劫この世に俺ひとりであればいいと思う。

「あ…ちょ、と…待って、葉二さ…」

呻くように言って、朝日は唇を噛んだ。裏筋を舐め上げられながら先端を引っかかれるとたまらないらしく、悲鳴に近い声が上がる。イキたいのかも知れない。一回出させてあげた方がいいだろうか、という気持ちと、もう少しこの朝日を独り占めしていたい気持ちがないまぜになって、結局そのまま喉の奥まで咥え込んだ。

口の中で舌を押し付けて、ぐりぐりされると気持ちいいでしょ。

こっちのことだと自分に多少アドバンテージがあるということに気付いて、葉二は後ろ暗い独占欲と、男の支配欲が同時に満たされるのを感じた。

誰にもあげない。これは俺の。

出来ることなら一生、朝日が俺以外の人間からの快楽なんて得られなくなればいいと思う。そのために、何だって出来ると思った。

射精の気配を感じて、葉二は一度口を離した。指の背でべたべたになった唇を拭いながら、「あさひ」と名前を呼ぶ。

「ン…」

意識が飛びかけたような顔で瞼を押し開けた朝日は、半目で葉二の顔を見返した。

「先に一回出したい？」

指先で先端をあやしながら尋ねると、朝日はふるふると子犬みたいに首を振った。

「はやく葉二さんに入れたい」

思いのほかはっきりした声でそう言われて、葉二は一瞬フリーズした。

こんな風になっていても、そういう明確な欲望を向けられていると知って、少なからず興奮した。朝日は、俺が欲しいと言っている。俺の中で快楽を得たいと、頭の芯までどろどろに崩壊しそうな状況の中で、俺の存在だけを探し求めている。そのことに暗い歓びが湧くのを、どうしても抑えられなかった。

俺ってこんなに欲の深い人間だったんだな、と、頭の片隅で驚いていた。自分でもおののくほどの執念で、朝日を自分のものにしたいと、心の底で願って願ってやまなかった。

「わかった。いいよ、朝日はそのまま寝てて、俺動くから」

気持ちよくしてあげたい。他の誰のことも一生目に入らないくらい、俺に夢中でいて。

そう思いながら布団の上に朝日を押し倒そうとしたとき、思いがけない抵抗に遭って、葉二は息を吞んだ。

「へ。あ、何…？」

「やだ、俺が好きに突きたい」

上気した顔で葉二の顔を睨みながら、朝日はそう言った。

頭を撫でようと伸ばしていた手を掴まれて、そのまま布団の上に押し付けられた。肩を抑えられて、腕の中に閉じ込められるような体勢になった。

「え、ちょっと…」

「俺だって、こういう場面で子供扱いされるのはさすがに傷付く」

力加減がうまく出来なくなっているのか、ほとんど葉二を押し潰すようにして身体が重なってきた。圧し掛かってくる身体の厚みと重みに動揺して、それから、耳に掛かった息の熱さに胸をかき乱された。朝日が興奮で泣き出しそうになっているのが分かって、息を詰めた。

「俺、葉二さんがこういうことに手慣れてるの、ほんとにほんとに嫌だよ」

「え…」

「むかつくよ。男の身体の受け入れ方を知ってるのも、こんなにぐずぐずになってても、ものを考えたり、喋る余裕があるのも。俺以外の人間の影がちらつくたびに、気が狂いそうになる」

ゼロ距離で聞かされた朝日の本音に、葉二は率直に動揺した。

「むちゃくちゃにして、どろどろに追い詰めて、葉二さんを崩壊させたい。何も考えらんなくなって、俺の名前以外の言葉なんて全部忘れて、快楽でぐちゃぐちゃに泣いてる顔が見たい。俺の手であんたを陥落させたい」

身体の両脇には朝日の腕があって、首には唇が埋められていて、布団と朝日の身体に自分のすべてがぎゅうぎゅうに挟まれていて、身じろぎひとつできなかった。先走りにぬれそぼった固いものが、太ももにぐりぐりと押し付けられて、気付いたら、すべての逃げ場を奪われて追い詰められていた。

自分より強い力で圧し掛かられている、本能的な不安。被虐的な快楽を帯びた、後ろ暗い期待。本音の底を指先で掻き回される快と不快の強烈な刺激に、このままでは本当に、理性が消し飛ばされて、自分の知らない何者かになってしまうのではないかという恐怖を感じた。

「う、ま、待って…朝日。こ、怖い…」

「待たないよ。何を今さら」

乱暴に、秘密を暴くみたいに、耳の中に濡れた舌先が潜り込んできた。

「ン、ンン…」

引き結んだ唇の奥からとろけきった声が出て、首が仰け反った。これ以上こんな声を出したらいけないような気がする。知らない自分になってしまう。怖い、恥ずかしい気持ちとはまるで無関係みたいに、自分の陰茎が少しずつ首をもたげて、だらだらと先走りに濡れているのを感じる。

だめだ。やだ。助けて。口を開けたとたんに俺、快楽の化け物になってしまう。

「あ、朝日、朝日……助けて」

思わず助けを求めて手を宙に彷徨わせると、視界の外にあったはずの葉二の手を、朝日はしっかりと掴んでくれた。

「うん。ごめんね」

どういう意味のごめんなのだろう、と思うよりも先に、決壊寸前の先端が内腿を強く擦った。

「余裕ない。たぶん優しくできない。いま、大事に出来ないかも知れない。そんで、俺、たぶんいつか、取り返しがつかないくらい、葉二さんのことをむちゃくちゃにしてしまう日が来る」

指先で何度か入口を擦って、息を呑む間もなく指が中に侵入してきた。

「こんなに狭い穴なんだもんな。簡単じゃないよ。たぶん、自然の摂理には反してるんだろうね」

うわごとのように言いながら、朝日は容赦なく中を掻き回してきた。

最初、朝日を甘やかしたくて、でも甘えたいとも思って、触れ合って気持ち良くなりたかった。でも今は、そんな次元はとっくに飛び越えていて、自分が誰かも分からなくなるような欲を知って、怖気付いて、期待している。

異物に体内を犯される感覚に、意識しない声が出る。しんどい。息ができない。

「あ、あ……う」

朝日、と上手く名前を呼ぶこともできなかった。

手首を強く掴んでいた手の力が緩んだ。葉二がぎゅっと丸めていた手のひらを、なだめるように朝日の片手が撫でてくれて、上から握り込んできた。自分の手よりも大きくて厚みのある手の感触に無意識に安堵する。緩んだ手のひらの中に指先が潜り込んできて、親指で温めるように擦ってくれた。指の一本一本を引き延ばすように手のひらを合わせる。

指の股まで丁寧に撫でてくれる。優しい動きとは真逆の、荒れた息とまばたきもせずに見下ろしてくる獣みたいな目が、朝日の興奮を率直に語っていた。

繋いだ手ごと持ち上げられる。朝日は葉二の薬指を口に含んで、眉間に皺を寄せた。その顔を見ていたら、たまらなくなってしまった。

「いいよ、朝日。もうそれでいいから」

俺をめちゃくちゃにしたいなら、してくれていい。朝日の思うように、満足できるまで好きにしていいから。

「だから、俺だけ見て。ずっと俺だけ見てて」

最後はもう泣きべそを掻くように言うと、中を蹂躙していた指が引き抜かれて、熱く固くなったものが押し当てられた。

「脳みそぶっ壊れるくらい抱いて、朝日」

鼻先と鼻先がぶつかる至近距離でそう言うと、開いた脚の間に腰が押し入ってきた。

視界が白く消し飛ぶ。思考回路がめちゃくちゃになる。

中が狭くて苦しいのかも知れない。どうにかこうにか根元まで全部埋まると、朝日は噛みしめていた唇をようやく開いて、はあ、と大きく息をついた。

「全部入ったね…」

口が上手く回らなくて、舌ったらずな言い方になってしまった。

「…なんか、アメリカのとき、より難しい、何故か」

途切れ途切れの声で朝日が言った。ほとんど吐息に掻き消えているのに、語尾が泣く寸前のように潤んで聞こえた。葉二は朝日の首を掻き抱きながら答えた。

「そらそーだよ、だって、今の方がずっとずっと必死だもん、俺たち」

身体のこんな奥で繋がっていても、この人を手に入れたいという欲望が収まらなくて、とめどもなくて、朝日が欲しくて欲しくてたまらなかった。

「ちゅーして」

子供みたいな葉二の要求に、もう上手く頭も回っていないであろう朝日は素直に応えてくれた。音を立てて唇を吸って、舌が入ってくる。我慢出来なかったらしく、途中で腰が動き始めて、中をえぐられながら口を塞がれていた。

何もかもあげるよ、俺のことは全部。

「あ、あ…っ、朝日」

「うん」

「好きだよ、朝日、好き。大好き」

汗びっしょりの朝日の背中を、手のひらで撫でた。現世の人間の魂を救ってくれる仏様の薬師如来が、葉二の視界からは見えないけれど、ここにいる。

ねえ、ねえ。朝日。

浄土真宗のお坊さんはエッチしてもいいって聞いたけど、こんな欲と快楽にまみれた行為が、宗教的に清潔だとは、俺、とても思えない。

そりゃそーだね。こんなに気持ちいいんだもん。こんなに気持ちがいいことは、きっと人を狂わせる。俺だって実際、朝日とこうなるためなら、他のなんだって、自分の魂だって、どっかの誰かにくれちまっていいって思ってる。今この瞬間。

ごめんなさい。ごめんなさい。仏様。俺は極楽浄土に行けません。

行けなくていいから、この人を俺にください。

それだけ叶ったら、俺の全てを尽くして、あの世に行く人のための仕事、ずっとずっと頑張るからね。

◇

寺町通りに二度目の春が巡ってきた。

この世から何が消えても、誰がいなくなっても、平等に、誰しもの生活に、当たり前に季節は廻ってくる。

波田野ノリヲという作家の訃報は、テレビのニュースにも、新聞にも載って、スマートフォンの「今日のトピック」欄にも出ていたが、それによって、世間の何かが変わることはなかった。

数ある生と死のひとつ。肯定されるべき、営みの中のひとつの出来事にすぎなかった。

波田野ノリヲの葬儀を施行することになったのは、偶然ではなくて、きっと何らかの縁なのだと思う。

大丈夫。その仕事を請け負ったのは、「辞めるかどうか迷い中の葬儀屋」と「自分の仕事に興味のない住職見習い」ではなかったから。ちゃんと背筋を伸ばした「新米葬儀屋」と「新米住職」が協力して、一人の人間を送る儀式を、ちゃんと一緒に作り上げる。

日本の春は獰猛だ。

冬の沈黙も、消えた生命の名残も、何もかもを覆い尽くして押し流し、新しい色に染め上げる、この世に押し出ていこうとする、生命力がある。

遠く山の稜線（りょうせん）に切り抜かれた空は、怒りを孕んだように強い春の色だ。こんなに天気が良くても、刷毛で塗ったような薄い雲が大きく広がっている。今にも何かが頭上に迫ってきそうな、日本の春が山に街にのしかかっている。

四季の中でいちばん容赦がなくて、時の流れを味方につけた春を社会活動の区切りにしているのは、この国の人間の気性にも、生活の理にも本当に適しているように思う。

「朝日。今日はよろしくね」

「うん」

嵐のような桜吹雪に見送られ、一人の人間の人生の終わりを彩る。

いなくなる人の記憶をいちばん美しく残すための、生きた人間による、生きた人間のこれからのための仕事だった。

　思えば、たった二十と数年の葉二の人生ですら、思い出せる記憶の半分は、再び出会うことのできない景色で出来ていた。つまり、この世を構築するもののうち、半分はもうこの世にないものなのだと思う。

「俺、最近思うんだけど……人間の人格って、意外なぐらい、もうこの世にないもので出来てるんだよな。二度と触れないものとか、会えない人とか。だけど……」

「だけど？」

「それは寂しいことじゃなくて、もうないっていう、ただの事実だ。形がなくなることで優しくなる思い出だってたくさんある。供養ってそういうことじゃない？　……って、なんか変な言い方になっちゃった」

　開け放ったベランダから部屋の中を振り返って言うと、朝日はコーラのペットボトルの蓋を開けながら、短く笑い声を零した。

「いや。でも、分かるよ。葉二さんの言ってること」

「そう？」

「いつか俺にも、葉二さんの中にあるこの世にないもの、見れるといいなって思うね」

「朝日は坊さんだから、もしかしたらそういうことも出来るかもね。いつか」

「葉二さんは？」

「俺は無理だよ。凡俗だもん」

真顔で言うと、朝日は何がツボだったのか、コーラを噴き出しかけて、慌てて拳で口を拭っていた。

「何笑ってんだよ」

「いや、凡俗ってあんた」

まだ何か勝手にツボっているらしい朝日のことは放っておいて、ベランダの手すりにもたれたまま、葉二は薄雲の春の空を無心に眺めていた。

「ねえ朝日」

「うん、なに、葉二さん」

「俺たちは…」

そこで一度言葉を切って、葉二は壁に掛かっている朝日の法衣をまじまじと見た。

「俺たちは、この真っ黒い服を着て、人の人生の終わりとこれからを見送りながら、世界のすみっこで、死ぬまで一緒に生きていこう」

朝日は一言、「いいよ」と微笑んで言った。

薄い薄い桜の花が風に押し流されて、水のように波打ち、空に溶けだしていく。

人の生と死を見送るのに、きっと今が、一年でいちばん美しい季節だった。

終

■あとがき■

はじめまして、谷川藍と申します。この度は『この世の果てでもどうかよろしく』を手に取って頂き、本当にありがとうございます。少しでも楽しんでもらえたら、キャラを可愛いと思ってもらえたらと、心から願っています。

オリジナルの小説を書いたのは初めてでした。プロットらしいプロットを立てたこともなく、担当編集様にとって最悪に手の掛かる新人だったと思います。そもそもボーイズラブとは何か…というレベルの話からスタートして頂き、死ぬまで頭が上がりません。

最初は「お坊さんと葬儀屋の新人」という部分だけ決まっていて、葉二も朝日も今とはまるで違うキャラクターでした。全然愛嬌のないプライドの高い攻めが葬儀屋で、あまり喋らない天然のエリート受けがお坊さんで、喧嘩ばかりしているカップルでした。今の二人になって良かったと思います。また、執筆中は自分で作ったキャラクターにも拘わらず葉二が何を考えているのかさっぱり分からないことがあり、ときどき一文字も進まなくなって、割り箸を繊維状に分解する作業に没頭して意識を保っていました。

いわゆる「王道のボーイズラブ」のシナリオを書くことの難しさも、王道が王道である理由も、恋愛感情以外のものに置き換え不可能な動機の設定の難しさも、オリジナルＢＬを書いてみるまで、全く知りませんでした。「恋愛」を描くのは本当に難しいと思います。商業ＢＬ小説をたくさん読むようになり、どの作品も、そのキャラクターの性格だからこそ起こるエピソードの説得力や、精密に練られたプロット、雰囲気でごまかさない、繊細で厚い心理描写、そのすごさや面白さが前より分かるようになりました。

この本の原稿を書き終わる頃、続編がない限り作品のキャラクターが存在するのはその一冊の中だけなんだな、と突然腑に落ちて、寂しさのような懐かしさのような、不思議な気持ちになりました。自分は今まで読んだ作品のキャラ達を現実で会った人と同じように、みんな覚えてるのに……という。葉二や朝日も一期一会のキャラクターなんだと思ったとき、唐突に愛情が湧きました。読んで下さった方にとって、ほんの僅かでもいいから、記憶に残ってくれるキャラクターやお話になってくれればいいなあと思います。

本当にすごい機会を頂きました。榊空也先生に表紙や挿絵のイラストを描いて頂くことができました。キャラクターに榊先生の絵でビジュアルを付けて頂き、初めてラフを見せて頂いたとき、嬉しすぎて、舞い上がり浮かれすぎて、出張先で迷子になりました。どんな風に御礼を言えば足りるのかも分かりません。一生かかっても感謝を言い尽くせないと思います。担当編集様、榊先生、手に取って下さった皆様、本当にありがとうございます。またいつかお目見えできる機会があれば、なお幸いです。

谷川藍

初出
「この世の果てでもどうかよろしく」書き下ろし

この本を読んでのご意見、ご感想をお寄せ下さい。
作者への手紙もお待ちしております。

あて先
〒171-0014東京都豊島区池袋2-41-6
第一シャンボールビル 7階
(株)心交社 ショコラ編集部

この世の果てでもどうかよろしく

2021年6月20日 第1刷

著 者:谷川 藍
発行者:林 高弘
発行所:株式会社 心交社
〒171-0014 東京都豊島区池袋2-41-6
第一シャンボールビル 7階
(編集)03-3980-6337 (営業)03-3959-6169
http://www.chocolat_novels.com/
印刷所:図書印刷 株式会社